Schlaflos
im Rausch
des Lebens

Titel: Schlaflos im Rausch des Lebens

ISBN: 978-3-7693-5860-5

Autorin: Katina Engel

Berghofer Weg, 15569 Woltersdorf

Covergestaltung: Diana Mazmanyan

© 1. Auflage 2025

Herausgeber: Katina Engel, Self-Publishing

Verlag: BoD · Books on Demand GmbH,

Überseering 33, 22297 Hamburg, bod@bod.de

Druck: Libri Plureos GmbH,

Friedensallee 273, 22763 Hamburg

E-Mail: katina-engel@posteo.de

Eigentlich ging es mir nur um schnellen Sex.

Dazu gab ich folgende Anzeige auf einem Erotikportal auf:

„Zärtliche Begegnung gesucht:

Ich bin Monika, Anfang 50, mit Rubensfigur

freue mich auf einen erotischen Outdoor-Treff

mit einem aufgeschlossenen Mann."

Was ich bekam, war eine wilde Mischung an Männern,

an ungewöhnlichen Abenteuern und ebenso stellte es

mich vor einige unerwartete "harte" Situationen,

die mein Leben komplett neu gestalteten.

Aber ich spürte, eigentlich wollte ich nur jemanden

zum Einschlafen finden.

Der Erlös dieses Buches

geht an die drei Hauptpersonen

Maik, Chris und Heiko.

Für Maik

BERLIN Sommer 2024

Es war ein ganz gewöhnlicher Dienstagnachmittag, als ich mich dazu entschloss, prickelnde Erotik auf beinahe altmodische Weise zu suchen – mit einer Kleinanzeige. Natürlich nutzte ich dafür die heutige, moderne Variante: ganz bequem über das Internet. Also stellte ich folgenden Text auf ein Dating-Portal:

„Zärtliche Begegnung gesucht: Ich bin Monika, Anfang 50, mit Rubensfigur freue mich auf einen erotischen Outdoor-Treff mit einem aufgeschlossenen Mann."

Wenig Worte, viel Charme – dachte ich mir. Und was soll ich sagen? Ich habe nicht erwartet, dass mein Posteingang in weniger als einer halben Stunde so voll ist.

Ein halbes Jahr ohne Sex – das ist schon fast wie eine Ewigkeit. Die Sehnsucht wächst! Deshalb wage ich einfach diesen Versuch. Bin gespannt, wer sich auf meine Kleinanzeige meldet, auch wenn es in meiner Situation vielleicht nicht gerade der ideale Zeitpunkt ist, nach einer kleinen sexuellen Auszeit zu suchen.

Übrigens heiße ich nicht Monika, sondern Katina. Der Name kommt aus dem Ungarischen und ist in Deutschland eher ungewöhnlich – deshalb habe ich für mein Inserat einfach einen bekannteren Namen gewählt. Meine Mama stammt aus Budapest, meine Familie und ein Teil meiner fünf wunderbaren Kinder, die mittlerweile alle erwachsen sind, leben im Land der Sonne und der Paprika, wofür ich sie manchmal etwas beneide. Ich selbst bin Ungarin, lebe diese Mentalität gern aus und wohne in Berlin, da ich hier meinen eigenen Verlag habe. Dort bin ich als Journalistin tätig.

Da ich in meinem Leben schon viel erlebt habe, zweisprachig und vor allem unkonventionell aufgewachsen bin, kann ich diese Erfahrungen sehr frei in meine Arbeit einfließen lassen. Beide Eltern kommen aus unterschiedlichen Kulturen, was bei meiner Schwester und mir sowohl als Kinder als auch jetzt im Erwachsenenalter oft zu ungewöhnlichen Ansichten und Handlungen führt. Aber wer möchte schon langweilig sein?

Ich trage immer bunte Kleider oder Röcke, am liebsten in Rot und Pink – je auffälliger, desto besser. Dazu liebe ich farbenfrohe, gerne glitzernde Schuhe oder welche mit einer Schleife. Hosen? Fehlanzeige, ich habe keine und brauche sie nicht. Mein Stil ist immer betont sexy, trotz meines Übergewichts. Hohe Schuhe sind bei mir ein Muss. Ich gehe gern auf Menschen zu, bin oft ein bisschen überdreht, lache viel und habe einen ausgeprägten Sinn für schwarzen Humor. Ein Tattoo darf natürlich nicht fehlen – es ist eine kleine wilde Sonnenblume am linken Oberarm, die mir immer die Sonne bringt, selbst an Regentagen. Wer mich kennt, der mag mich. Mit mir kann man Spaß haben, die Sterne vom Himmel holen und sogar Grenzen überschreiten, natürlich alles immer ohne schlechtes Gewissen.

Für mich ist nichts unmöglich, ich liebe das Risiko, brauche die Herausforderung, den Kick und das Prickeln. Das sind wohl typische Eigenschaften eines Widders, besonders, wenn man – wie ich – an einem 13. geboren ist. Freiheit ist für mich das Allerwichtigste – Leben und leben lassen. Leider ist mein Leben gerade völlig aus den Fugen geraten, ein zurück gibt es nicht mehr. Wir sind nun mal nicht unendlich auf dieser Erde.

Seit einem halben Jahr bin ich Witwe. Mein Mann starb nach fast drei Jahren Kampf im Alter von 67 Jahren an Krebs. Ein Ereignis, das in mir eine tiefe Leere, unendliche Einsamkeit und schreckliche Verzweiflung hinterlassen hat – jeden Tag, jede Minute, jede Sekunde. Es ist eine Zeit der Hoffnungslosigkeit, die mich in einen dunklen Abgrund zieht und alle mit, die mir nahe stehen. Meine Kinder, meine Familie, unsere Freude, wovon wir nur wenige haben. Eine Phase, die sich anfühlt, als würde ich sie im Rausch erleben, ohne klare Gedanken fassen zu können. Das Leben erscheint sinnlos, vieles tue ich aus einer Art Hilflosigkeit. Genau wie das, was ich gerade mit meiner Kleinanzeige versuche. Es ist real und doch ist es ein Opfer meines Rausches, meiner Leidenschaft, meiner elenden Einsamkeit.

Die trostlosen Nächte sind am schlimmsten. An Schlaf ist nicht zu denken – ich liege wach, mein Kopf läuft auf Hochtouren und findet keine Ruhe. Mein Körper fühlt sich aufgedreht an, schwankt ständig zwischen dem Wunsch, alles aufzugeben, und dem Drang, etwas Verrücktes zu tun. Etwas, was keiner erwartet. Eigentlich mache ich immer das, was keiner erwartet. Ich war schon immer so, mein Mann hat mich darin stets bestärkt. Er war genauso chaotisch – nur auf seine ganz eigene Weise. Er hat immer das Gegenteil von dem getan, was man von ihm erwartete und war damit grundsätzlich erfolgreich. Er war unglaublich intelligent und durchschaute schnell die Menschen. Er wusste genau, wie sie tickten, konnte in ihre Seelen blicken, hat sie, ihr Umfeld und ihre Aussagen genau beobachtet. Oft gab er Prognosen über bestimmte Personen ab, die bei mir Zweifel aufwarfen – am Ende lag er immer richtig.

Nun liege ich in den Nächten alleine wach und spüre, wie sich meine innere Lust immer öfter zurückmeldet. So nach und nach kriecht die Begierde wieder hoch, die körperliche Nähe, zärtliche Berührungen oder einfach Wärme, vermisse ich so sehr. Mit meinem Mann haben wir jeden Morgen, jeden Abend und gern mal zwischendurch Zärtlichkeiten ausgetauscht, uns gespürt, geliebt, begehrt, gestreichelt. Wir waren verrückt aufeinander, heiß und immer erotisch fixiert. Jeden Tag. Und noch viel mehr. Ich war und bin ein sehr sinnlicher Mensch, immer offen für neue Erfahrungen. Körperliche Nähe und erfüllende Sexualität waren für mich stets ein wichtiger Teil des Lebens. In unserer Ehe lebten wir diese Offenheit aus: Wir trafen uns mit anderen Paaren, besuchten gemeinsam Prostituierte, dafür fuhren wir sogar bis an die tschechische Grenze. Wir genossen die Liebe in all ihren Facetten, manchmal auch zu dritt – mein Mann, eine weitere Frau und ich.

Diese Zeit vermisse ich sehr. Die Sehnsucht nach körperlicher Nähe, nach Lust und nach erotischer Verbindung ist groß.

Die Trauer beherrscht meinen Alltag und trotzdem ist die Zeit ran, dass ich ein wenig sexuelle Befriedigung gebrauchen könnte, unkompliziert mit einem fremden Mann. Keine Nähe, keine Vertrautheit – nur kurzer Sex und dann geht jeder seine Wege. So eher im Vorübergehen jemanden an meiner Muschi spüren lassen, Finger, die meinen Körper ertasten und Hände, die meinen großen, mittlerweile hängenden Busen massieren. Schnell und wild muss es sein, mit einem festen Glied, was meine Vagina, die übrigens dauerfeucht ist, gut ausfüllt.

Bei dem Gedanken kribbelt es bei mir schon wieder im Unterleib und ich lasse meine rechte Hand zwischen meine Beine gleiten, reibe an meinem geschwollenen feuchten Kitzler und bringe mich in kürzester Zeit zum Höhepunkt. Dabei läuft ein Kopfkino ab, bei dem ich mir vorstelle, wie mich ein erregter Mann gerade befriedigt. Ich öffne wieder die Augen und sehe, ich bin allein. Das muss ich ändern.

So mache ich es mir auf dem Bett unter meiner Kuscheldecke gemütlich, nehme mein Laptop zur Hand und öffne das E-Mail-Postfach. Jetzt bin ich besonders heiß und bin neugierig, wer alles auf meine erotisches Inserat geantwortet hat.

Wie gehe ich am besten vor? Der Blick ins Postfach meines sexuellen Angebotes macht Lust. Da hat sich eine Menge getan. Einige Männer haben Fotos gesendet, doch das ist zweitrangig, da es sich vermutlich meist nur um Fakebilder handelt. Ich gehe vielleicht einfach nach dem Ausschlussprinzip vor. Somit fallen alle Kandidaten raus, die schreiben, sie wären rasiert. Von mir aus kann jeder machen, wie er möchte, aber wenn man dieses als Hauptargument nennt, kann er nur ein Spießer sein. Spießer vielleicht nicht direkt, aber merkwürdig ist es schon, wenn Männer sich überall ständig glatt machen. Frauen finden behaarte Männlichkeit im gewissen Rahmen attraktiv, denn bei manchen wirkt es doch sehr kindlich. Schließlich will ich nicht mit einem Schuljungen ins Bett gehen.

Weiterhin schließe ich alle aus, die fragen, was ich den so beim Sex mag. Was soll das? Es geht einfach um ficken, was muss ich da besprechen. Schwanz rein, raus und ein bisschen fingern und lecken. Vielleicht noch eine kleine Massage und wenn man darauf steht, noch etwas zwischen den Pobacken streicheln. Was gibt es da für offene Fragen? Als nächstes werden die "Bewerber" aussortiert, die nicht spontan sind. Denn ich will Sex sofort, meine Muschi juckt jetzt und nicht in drei Wochen. Schließlich hat sich im letzten halben Jahr bei mir einiges angestaut. Damit bleiben nicht mehr wirklich viele meiner Kleinanzeigenkandidaten übrig.

Also schreibe ich den ersten an, der halbwegs in mein Raster fällt. Anfang 60, gutaussehend und sofort bereit, mich zu verführen. Worauf warten? Bin ich aufgeregt? Nein, ich bin ziemlich routiniert, weiß, wie ich einen Mann verführe und kenne die Stellen, wo er gern angefasst werden möchte. Ich frage ihn, wann er Zeit hat und ob es heute noch geht – und tatsächlich, der geile Hengst springt sofort an. Mein erstes Sexdate und es war so einfach.

Punkt 22 Uhr verabreden wir uns vor einem Hotel in meiner Nähe. Es soll neutral sein, nicht bei mir zu Hause, wo ich vom Prinzip her allein in einem renovierungsbedürftigen Haus lebe. Das wäre wohl ein Verrat gegenüber meinem Mann. Immerhin blickt er aus dem Himmel auf mich hinab. Obwohl er kein Spielverderber war, muss es doch nicht sein, dass ich es mit einem fremden Mann in unserer Liebeshöhle treibe.

Draußen ist es mild. Es ist Sommer, die Luft ist heiß, genau wie ich. Perfekt für eine schnelle sexuelle Erleichterung auf einer Wiese. Tief und versaut. Bis 22 Uhr ist noch etwas Zeit und ich genieße die Vorstellung, was nachher passieren wird. Endlich einen Mann, beziehungsweise eine brennende Begierde, zwischen meinen Beinen spüren.

Bald ist es soweit: Ich steige unter die Dusche. Warmes Wasser streift meine Haut, nimmt die Gedanken mit, trage duftende Kokosmilch auf, ein Hauch Deo folgt und schlüpfe ich in mein leichtes, kurzes Sommerkleid. Ich entscheide mich für das rote mit weißen Punkten – mit seinen dünnen Spaghettiträgern und dem schönen Ausschnitt, der meinen Busen genau richtig in Szene setzt. Eigentlich ist es dunkel, wenn wir uns um 22 Uhr treffen, man sieht kaum etwas. Aber das Kleid fühlt sich einfach unglaublich gut auf meiner Haut an. Und das ist genug. Die Unterwäsche lasse ich weg, denn es soll schnell gehen. Ich suche noch meine pinke Plüschdecke raus, denn schließlich soll der erotische Akt in freier Natur vollzogen werden. Meine Muschi läuft am Stück. Wenn ich sie nicht bald erleichtern kann, drehe ich durch. Immer wie so eine läufige Hündin rumzulaufen, ist anstrengend. Und die ewige Selbstbefriedigung bringt es auf Dauer nicht, obwohl ich das sehr genieße.

Kurz vor 22 Uhr mache ich mich auf den Weg. Ein leichter Wind bringt Bewegung in die Nacht und lässt meine dunklen, wilden Locken lebendig tanzen. Ich bin super aufgegeilt und in meinem Kopf spielen sich wilde Szenen von Sex ab. Ich stelle mir vor, wie der Unbekannte seinen großes Gleid zwischen meine Schenkel drückt und mich komplett ausfüllt, tief in mir kommt und ich noch Stunden später den süßlichen Duft seines Spermas einatmen kann. Ich will es einfach wissen und in zehn Minuten ist es hoffentlich soweit. Endlich! Die lange Auszeit hat eine Ende. Sollte ich ein schlechtes Gewissen haben? Nein! Mein Mann und ich hatten eine offene Beziehung, jeder hätte sich mit jemand anderem austoben können. Aber so ist es, wenn man es darf, ist der Reiz nicht da. Meist lockt ja das Verbotene. Das, was ich jetzt tue, ist ein wenig verboten, genau deswegen macht es mich so extrem an. Hoffentlich erscheint der Typ überhaupt. Irgendwie war es fast zu einfach. Das ist schon mal die erste Hürde: ob tatsächlich jemand auftaucht. Und wer weiß, vielleicht ist er widerlich oder pervers? Aber mittlerweile bin ich so fällig, dass ich sogar das in Kauf nehmen würde. Vielleicht macht mich das gerade an? So ein ekliger verwegener Kerl, der etwas grob ist und sich nimmt, was er will? So wie die Männer früher waren, derb und schnell. Meistens wusste ich noch nicht mal ihren Namen. Da hatte ich einige Begegnungen, als wir damals abends in meiner Jugendzeit in der Disco waren. Das sind schöne Erinnerungen. Für heute wäre so ein schnelles Abenteuer ebenfalls keine schlechte Vorstellung. Es ist geil. Ja, warum nicht. Was habe ich zu verlieren? Nichts! Genau deshalb ist das gerade jetzt so einfach. Ich bin frei wie ein Vogel und kann vögeln wo und wen ich will.

Ich laufe durch die dunklen Straßen, die Decke unter dem Arm geklemmt. Je näher ich dem Treffpunkt komme, desto sachter werden meine Schritte.

Ich höre ihren leisen Hall auf dem Asphalt, als ob ich auf der Hut wäre, vor dem, was mich gleich erwartet. Wenige Meter vorher sehe ich ihn stehen. Kitschig wie in einem alten Film wartet er unter einer Laterne vor dem Hotelgebäude, der Schatten lässt seine Silhouette erkennen. Er scheint erstmal normal auszusehen. Ich gehe auf ihn zu, unsere Blicke treffen sich im Dämmerlicht. Es sind warme Augen, die Sanftheit zeigen. Ich bin erleichtert. Er freut sich sichtlich mich zu sehen und nimmt mich sofort in den Arm. Ich fühle mich wohl. Heiko ist sein Name. Er ist etwa 1,80 Meter groß, hat kurzes graues Haar und ich würde ihn als den gepflegten älteren Herrn beschreiben, der sein Leben im Griff hat. Er ist höflich und hat eine weiche Stimme. Er hat kleine Hände, seine Schuhgröße muss ich erst noch prüfen. Irgendwie habe ich die Theorie, dass Männer mit großen Händen und Füßen auch einen großen Schwanz haben – völlig unabhängig von ihrer Körpergröße. Bei meinem Mann hat es gestimmt. Er war nur 1,75 Meter groß, hatte sehr große breite Hände, halbwegs große Füße und sein Massagestab war ebenfalls nicht zu verachten.

Diesen Aspekt werde ich bei meinen Abenteuern mal mit beleuchten. Mein Vorschlag an Heiko, ein paar Meter weiter an eine einsame Stelle an den See zu gehen, findet er wunderbar.

Wir laufen nebeneinander los, unterhalten uns ungezwungen. Ich erfahre, dass er Busfahrer in Berlin ist und allein lebt. Ich höre seine Worte, denke mir aber die ganze Zeit nur, wann es endlich soweit ist. Wann wird er mir das Gehirn rausvögeln? An der Wiese angekommen, lassen wir uns etwas versteckt zwischen ein paar Sträuchern direkt am Ufer nieder. Ich breite meine Decke aus und wir blicken beide auf den See, genießen kurz die Abend-idylle. Enten schwimmen plantschend rum und haben sichtlich Spaß. So wie ich hoffentlich ebenfalls gleich. Ohne zögern ziehen wir uns aus und er fängt an, meine Titten zu massieren. Das tut gut, aber er ist zu zaghaft. Ich mag es gern fest, teilweise fast etwas derb. Es kann schon gern mal ins ordinäre gehen. Aber eigentlich will ich nur "ihn" tief in mir drin haben. Ich blicke auf sein Gehänge zwischen seinen Beinen, was mich so im Abendschein des Mondes etwas ernüchtern lässt. Zum Glück ist es relativ dunkel und er kann meine Enttäuschung nicht sehen. Ich nehme meine Hand und umfasse sein Glied. Es wird schön hart, ist allerdings tatsächlich größenmäßig ein Reinfall. Ich habe eine große Muschi, die immer feucht ist. Das wird mit uns nichts. Seinen Liebesstab spüre ich sicher noch nicht mal, wenn er in mir drin sein sollte. Er fängt an, mich zwischen den Schenkeln mit seiner kleinen Hand zu reiben und ich kann meine Erregung nicht zurückhalten. Auch das macht er nicht gut, allerdings bin ich so untervögelt, dass mich selbst ein abgebrochener Bleistift zum Orgasmus bringen würde.

Innerhalb von kurzer Zeit komme ich nur durch das Bewegen seiner Hand an meinem geschwollenen Kitzler zum Höhepunkt und kann meine Erregung nicht zurückhalten. Ich stöhne sehr laut, mein Körper zittert und mein Unterleib erlöst sich durch ein heftiges krabbeln, gefolgt von einer Menge Saft, der aus mir rausfließt und an meinem Bein runterläuft. Ich greife nach der feuchten Masse und genieße die Wärme und Klebrigkeit an meiner Hand. Nun versucht Heiko in mich einzudringen, aber die Kürze seines Schwanzes und meine weit gespreizte, aufgegeilte klitschnasse Pussi machen die Sache nicht einfach. Irgendwie geht es dann doch, spüren kann ich allerdings nichts. Es ist mir egal, ich bin befriedigt. Es war gut, obwohl es nicht das war, was ich erwartet hatte. Fürs Erste reicht es.

Es werden noch andere Männer kommen, in wahrsten Sinne des Wortes. Es werden viele sein. Ich habe Lust, und das hat mich bestärkt, weiter auf der Suche nach dem perfekten Schwanz zu sein, der mir das gibt, wonach ich wirklich suche. Denn er sollte groß und fordernd sein. Egal was ich tue, niemand wird mich dafür verurteilen, ich muss keinem Rechenschaft ablegen. Ich bin ich, ich bin ein freier Mensch.

Zu Hause angekommen, gehe ich sofort ins Bett. Ich spüre immer noch meine eigene Feuchtigkeit zwischen den Beinen, strecke wieder meine Hand an meine Muschi, ziehe mir den süßlichen Duft durch die Nase und schlafe damit irgendwie ein. Zum ersten Mal nach langer Zeit versinke ich ganz alleine in einen kurzen, tiefen Schlaf. Es fühlt sich gut an und die Stunden echter Zufriedenheit bringen mich wieder ein wenig ins Gleichgewicht.

Der Tag bricht an. Ich hole mir unten aus der Küche einen Kaffee und kuschel mich wieder ins Bett, welches sich in der ersten Etage meines Hauses befindet. Zum Aufstehen habe ich keine Lust. Ich denke an den letzten Abend und mir ist klar, ich will mehr. Ich habe Lust. Zwischen meinen Beinen vernehme ich immer noch den süßlichen Duft. Er törnt mich an. Ich greife mit meiner Hand in meine Vagina, schließe die Augen und streichel mich, bis ich stöhnend zum Höhepunkt komme. Ich will es wieder wissen und so beginne ich den Tag nach dem Motto: Ein neuer Tag, ein neuer Mann.

Ich öffne mein Postfach und stelle überrascht fest, dass sich auffallend viele junge Männer gemeldet haben. Irgendwie reizvoll. So ein unbeschwerter, knackiger Adonis hätte definitiv seinen Reiz. Aber dann frage ich mich: Bin ich nicht längst zu alt für so ein Spiel? Mein Alter, Anfang 50, steht in der Anzeige dabei. Wenn sich da ein junger Typ meldet, weiß er, worauf er sich einlässt. Ich prüfe weiter meine E-Mails und trinke dabei meinen heißen Kaffee. Die Nachwirkung des Orgasmus verbreitet in mir eine innere Befriedigung – ich entdecke eine

Antwort, die mich fesselt und zum Weiterlesen bewegt. Da hat ein junger Mann mich schon drei Mal angeschrieben. Chris, 31 Jahre. Er ist ziemlich hartnäckig. Ich ignoriere ihn, zu jung für mich. Gerade als ich weiter gucken will, schreibt er schon wieder – er sieht ja, dass ich online bin. Na gut, dann antworte ich etwas Belangloses, worauf ich sofort eine Antwort zurückbekomme. Er schlägt vor, ein Foto von sich zu senden. Eigentlich bin ich nicht neugierig darauf, da er für mich nicht in Frage kommt. Aber ich will ihn nicht aufhalten und stimme zu. Kurze Zeit später ist es da, das Bild. Was meine Augen sehen, fasziniert sie. Mir ist sofort klar, dass er nicht echt ist. Der sieht zu gut aus. Lange braune Haare, zu einem Pferdeschwanz nach hinten gebunden. Stechend helle Augen, einen leicht angedeuteten Bart und eine wunderbare männlich junge pralle Haut. Eine wahnsinns Ausstrahlung, die mich ihn immer wieder anblicken lässt. Das kann nicht real sein. Der müsste tausende Chancen bei den Frauen haben. Was stimmt an ihm nicht? Wie kann der noch frei rumlaufen und warum schreibt er gerade mich an. So eine Alte? Das hat er doch nicht nötig. Wir schreiben noch etwas hin und her, er will mich unbedingt gleich morgen treffen. Ich verstehe es nicht. Er wird mich nicht mögen, ich fühle mich komisch, irgendwie nun tatsächlich alt. Ich sehe müde aus, die Zeit der Trauer hat mich geprägt – fühle mich ausgelaugt und elend. Ich stimme trotzdem einem Date am nächsten Abend zu. Wir werden uns am S-Bahnhof Berlin-Friedrichshagen treffen. Leider kann ich mich bis dahin nicht 20 Jahre jünger machen. Zum Glück wird es dunkel sein, was ein wenig die Falten und meine Müdigkeit kaschiert. Seit einem halben Jahr habe ich kaum geschlafen, das hinterlässt viele Spuren.

Am Abend stehe ich pünktlich um 22 Uhr mit meinem Auto am verabredeten Platz, das Wetter ist fantastisch. Tatsächlich erscheint er dort und sieht wirklich so aus wie auf dem Foto. Eventuell noch besser. Er trägt ein weißes T-Shirt und dazu eine helle knielange Hose. Die Luft steht wieder und mir ist verdammt heiß, allerdings eher vor Aufregung. Tausend Dinge gehen mir durch den Kopf. Wird er meinen dicken Bauch mögen, werde ich seine erotischen Erwartungen erfüllen? Hoffentlich ist er gut bestückt. Vielleicht ist das der Grund, warum er sich unbedingt mit einer älteren Übergewichtigen treffen möchte? Männer mit kleinem Schwanz haben eventuell Komplexe? Eine nicht so perfekte Frau wäre sicher eine gute Alternative und für diese Art von Männern eine Erleichterung.

Ich bin nun doch aufgeregt und man kann es mir ansehen. Meine Wangen sind heiß, rot und glühen. Gut, dass es draußen dunkel ist. Ich schlage ihm ebenfalls den Platz am Wasser vor und wir fahren mit meinem Auto dahin. Ich bin nervös, was wird jetzt passieren? Ich breite meine Decke aus und wir setzen uns nieder, lassen aber unsere Kleidung an. Wir blicken aufs Wasser und genießen die Geräusche der Umgebung. Wieder hört man das sanfte Plätschern der Enten, einige Boote tuckern friedlich über das Wasser, die Lichter vom Ufer gegenüber spiegeln sich im See. Eigentlich will ich Sex, aber der Klang der Stille und die Atmosphäre tun gut. Ich habe das Gefühl, zwischen uns, also Chris und mir, ist eine Energie. Er sieht männlich, jung und kraftvoll aus. Ich stelle mir ihn in mir vor und wieder fängt meine Muschi an, ihren Saft im Überfluss zu produzieren. Er ist geil, ich will es wissen. Zaghaft wende ich mich ihm zu und führe meine Hand unter sein T-Shirt. Er bleibt ruhig und lässt es zu. Er schließt die Augen und hebt leicht seinen Kopf, scheint es zu genießen. Ich fange an, seinen Bauch zu massieren und ziehe ihm sanft das Oberteil aus. Über seinem Bauchnabel ziert ein übergroßes Tattoo mit einem Schriftzug im typischen Heavy-Metal-Stil seinen Körper. Chris sieht gut aus, ich möchte mich an ihn lehnen, einfach seinen Geruch aufnehmen, seine Männlichkeit einsaugen. Er unterbricht meine Gedanken und fängt an, mich zwischen den Beinen zu streicheln. Seine warme, große junge, kraftvolle Hand tastet sich zu meinem Lustpunkt vor und massiert ihn intensiv. Sofort stellt er fest, dass meine Liebeshöhle übermäßig feucht ist. Ich fasse an seine Hose, wo sich etwas großes – zum Glück wirklich großes – aufgestellt hat. Ich öffne seinen Reißverschluss und lasse das feste Ungeheuer frei. Ich nehme meine Hand und fange an, dieses sanft mit den typischen Bewegungen hoch und runter zu massieren. Ich blicke in sein Gesicht, er öffnet seine Augen und ich kann seine Lust sehen. Die Bewegungen werden intensiver, fester und er nimmt sich sofort was er will. Er legt mich auf den Rücken und beugt sich sanft über mich. Er spreizt meine Beine und endlich ist es soweit. Ich schließe meine Augen und kann seinen festen Liebesstab in mir fühlen. Stark, männlich und unglaublich geil. Er fängt mit sanften Stößen an, die sich schnell beschleunigen. Nach kurzer Zeit bin ich schon so weit und platze mit einem lauten Schrei, der die Nachtstille durchbricht. Er hält meinen Mund zu, damit es niemand hört und ich spüre seine Erregung, die sich in mir ergießt. Wir kommen beide zusammen zum Höhepunkt, es fühlt unglaublich aufgeheizt an. Mein Körper zittert und ich würde am liebsten diesen Moment ewig halten. Er gleitet sanft aus mir heraus, wir legen uns nebeneinander. Ich neige meinen Kopf an seine Schulter. So liegen wir eine ganze Zeit und blicken in den Himmel, an dem sich einige Sterne zeigen. Wir sind beide glücklich, es war wunderbar. Er wusste was er wollte und hat es sich genommen. Ich habe es genossen. Wir reden noch etwas über belanglose Dinge, er hat eine sehr weiche und beruhigende Stimme, schon fast schüchtern. Ich erfahre, dass er Sternzeichen Skorpion ist, die ja bekannt für ihr Intensität, ihre Tiefe und ihre mysteriöse Ausstrahlung sind. Genau das spüre ich bei Chris auch. Entspannt dreht er sich nebenbei eine Zigarette und fragt, ob es mich stört, wenn er jetzt eine raucht. Aber nein! Ganz im Gegenteil. Ich genieße den Duft des Tabaks, er fühlt sich männlich, verwegen und stark an. Wir sind beide befriedigt, aber leider neigt sich der Abend dem Ende zu.

Ich sitze noch auf der Decke, als Chris sich erhebt, um sich anzuziehen. Er steht genau vor meinem Gesicht, wo sich sein Schwanz wieder fest aufgerichtet hat und sich meinem Mund entgegenstreckt. Ich kann nicht anders, ich umfasse sein festes Glied, führe es zu meinen Lippen und fange an, daran zu saugen, meine Spucke macht es schön feucht. Ich sehe, wie er wieder die Augen schließt und es wollüstig genießt, obwohl das jetzt nicht geplant war. Ich sauge immer heftiger, lutsche und lecke. Meine Hand führt dabei die typische Bewegung aus, die immer mehr an Tempo und Stärke zunehmen. Meine Muschi ist ebenfalls schon wieder heiß und am liebsten würde ich sie dabei mir selbst massieren. Er fängt leicht an zu stöhnen und ich spüre, wie sich sein warmer Saft in meinem Mund ergießt und ich diesen mit Hochgenuss runterschlucke. Was für ein prickelnder Höhepunkt, der mich ebenfalls glücklich macht. Er öffnet seine Augen und ein zärtlicher Blick trifft meinen fiebernden Anblick. Er umfasst sanft meinen Kopf und hält ihn für kurze Zeit mit seinen großen Händen fest. Es tut gut, es fühlt sich vertraut an.

Schweigend ziehen wir uns an und laufen still nebeneinander zum Auto zurück. Dabei fällt mein Blick auf seine Schuhe und bestätigt, was ich mir so einbilde. Er hat ziemlich große Schuhe, genau wie seine Hände. Sein Penis ist ebenfalls von der Größe her nicht zu verachten, er ist wohl geformt und schön dick. Ich werde meine Theorie zu großen Händen und Füßen weiter im Auge behalten und schmunzel bei diesem anregenden Gedanken leise vor mich hin. Im Auto schalte ich die Musik an, um die Ruhe zu unterbrechen und fahre ihn zurück zur S-Bahn. Er erzählt, dass er in Berlin, gleich bei der Sonnenallee eine Kneipe betreibt, die auf Hiphop ausgerichtet ist. Zudem berichtet er weiter, dass er sich mit Graffitikunst beschäftigt und selbst zeichnet. Der Typ wird immer interessanter und ich bin traurig, dass die Fahrt zur S-Bahn so kurz ist. Ich würde gern noch weiter mit ihm reden, mehr von ihm erfahren. Er ist faszinierend und trägt wohl einige Geheimnisse in sich. Dann sind wir am Ziel. Am Bahnhof steige ich mit aus und wir verabschieden uns. Behutsam nimmt er mich in seinen Arm, drückt mich fest an sich. So stehen wir eng umschlungen eine Weile da und ich bin von seiner warmen Art gerührt. Ich fühle mich geborgen und geliebt. Von einem fremden jungen Mann. Da ist sofort etwas zwischen uns, eine Vertrautheit, eine starke Zuneigung, die ich genieße.

Kurze Zeit später trennen wir uns, er blickt nochmal zurück, verschwindet im Schein der Dunkelheit und taucht ab in das Bahnhofsgebäude. Was für ein magischer Moment. Glücklich fahre ich nach Hause. Noch während des Rückweges schreibt er eine Nachricht, dass er mir einen schönen restlichen Abend wünscht. Mit Liebe ausgefüllt gehe ich ins Bett und schlafe immerhin für ein paar Stunden ruhig ein. Ich hasse es, allein hier zu liegen. Aber das wird sich erst mal nicht ändern und so muss ich es nehmen, wie es ist. Obwohl es unerträglich ist.

Der Morgen bricht an und schon wieder steigt die Lust in mir hoch. Ich denke an den gestrigen Abend, an den jungen geilen Chris und wie viel Herzenswärme er mir gegeben hat. Sex ist gut, aber das Empfinden, sich geborgen zu fühlen, hat es noch besser gemacht. Allerdings habe ich heute super viel Arbeit. Mein Verlag läuft gut, wir jagen einen Rekord nach dem anderen und sind mit der Firma auf einem absoluten Höhenflug. Unser Unternehmen besteht mittlerweile seit über 30 Jahren. Vor zehn Jahren habe ich die Firma von meinem Mann übernommen. Wir erstellen Kommunalbroschüren und sind damit hier in der Region so eine Art Marktführer. Wir sind ein fast reines Familienunternehmen, bei dem alle unsere fünf Kinder mit dabei sind. Das lief bisher sehr gut. Selbst Corona haben wir ohne Schaden überstanden. Momentan sind wir auf dem Höhepunkt unseres Umsatzes, der viel Einsatz erfordert. Heute also daher mal keinen Sex, ich muss mich konzentrieren, Texte schreiben, Korrekturen vornehmen und eine Menge E-Mails beantworten.

Dabei fällt mein Blick doch mal ins Postfach meiner erotischen Anzeige. Es hat sich wieder viel getan. Lust habe ich, aber keine Energie, jetzt alle E-Mails durchzusehen und anzuschreiben. Ich kann mir nicht vorstellen, dass ich nochmal so viel Glück habe wie gestern mit dem smarten Chris. Heiko, mein erster Lover mit dem zu kurzen Schwanz, war in sexueller Hinsicht eher eine Niete.

Ich sitze draußen vorm Haus bei mir auf der Terrasse, trinke einen Schluck Wein und versuche den Sommerabend hinter mich zu bringen. Auf dem Baum neben mir macht eine niedliche Taube ihre typischen Rufgeräusche. Dabei muss ich sofort an den Film "Miss Undercover" denken, in dem die Hauptdarstellerin mir irgendwie ähnlich ist. Sie fällt ebenfalls aus dem Rahmen, hat immer schräge Ideen und ist doch anders als die typischen Frauen. Zudem bin ich auch ziemlich tapsig, gerate oft schnell und unbeabsichtigt in unangenehme Situationen, die ich am Ende doch geschickt meistern kann. Zwar nicht immer wie gedacht, doch das Ergebnis stimmt. Ebenso ist mir nichts unangenehm, ich bin spontan und nehme es immer so, wie es ist. Einfach das Leben voll genießen und gern mal bewusst aus der Reihe fallen. Mein Stiefvater sagte immer zu mir, dass ich voll durchgeknallt bin. Jedenfalls mag ich das Rufen der Taube sehr und bilde mir immer ein, dass es Glück bringt. Ist sicher ein blöder Aberglaube. Einmal hatten wir damit schon Erfolg. Meine Tochter und ich hatten zu Daniels Geburtstag, meinem ältesten Sohn, einen Lottoschein ausgefüllt, genau als auf dem Baum über uns eine Taube saß und ihr Programm abspielte. Ich sagte sofort zu Britta, dass sie uns Glück bringen wird – zu Daniel meinte ich: Wenn wir heute etwas gewinnen, bekommst du alles. Und so war es auch. Wir gewannen an diesem Abend 46000 Euro, die wir unter uns allen aufteilten. Vielleicht klappt es heute wieder in anderer Hinsicht und es wird doch noch Nummer drei für ein kleines erotisches Abenteuer geben? Wenn jemand ganz spontan wäre, könnte ich es mir überlegen. Jemand der schreibt, ich bin in einer halben Stunde da und dann ist er es auch. Kurzer Fick im Auto oder auf einer Wiese und gut ist. Meine Muschi ist zumindest heiß und hätte Lust, verwöhnt zu werden. Also hole ich mein Laptop und fange doch an, die Nachrichten zu lesen. Die ersten drei Anfragen fallen schon mal weg, wollen großartig meine sexuellen Vorlieben besprechen.

Nummer vier, Thomas, 36, schreibt kurz und knapp, er hätte jetzt Zeit. Wie das? Sollte mein Wunsch für heute Abend doch in Erfüllung gehen? Da ich keinen Nerv für lange Diskussionen habe, schreibe ich ihm, dass wir uns in einer Stunde vor dem Hotel treffen können, das bei mir in der Nähe ist. Es ist mir egal, ob er kommt, denke ich bei mir. Ich mache einfach einen Spaziergang und wenn er da ist, ist es fantastisch, wenn nicht, genieße ich die Ruhe des Abends und die schöne Luft. Ich wollte heute sowieso keinen Sex, wenn es doch klappt, ist es eine Art Bonus. Ich ziehe mein kurzes Sommerkleid über und mache mich entspannt, mit ein wenig Vorfreude, auf den Weg. Unterwegs höre ich das Rauschen des Windes, vernehme hin und wieder Geräusche von gesprächigen Menschen – genieße einfach die Atmosphäre. Ich stelle mich unter die Laterne vor dem Hotel und warte.

Kurze Zeit später nähert sich mit sehr rasantem Fahrstil und lauter Musik ein leicht abgefaktes Auto, welches sportlich neben mir parkt. Mit einer Menge Energie und ziemlich aufgedreht begrüßt mich ein junger nervöser Mann, dessen Aura mir sofort gefällt. Er wirkt unkompliziert und wild. Ich würde ihn in die Zeit von John Travolta einordnen, kurze strubbelige Haare, lässige Klamotten, superbreite Schultern, so richtig was zum Anlehnen und einfach optisch ein Hingucker. Verwegen, männlich, kraftvoll, dynamisch. Er sieht gut aus und hat wohl den Tiger im Leib, scheint etwas überdreht zu sein. Er kommt umgehend zur Sache und fragt, wo wir es treiben wollen. Ich schlage ihm nicht den üblichen Platz am Wasser vor, denn in diesem Punkt möchte ich ebenfalls etwas Abwechslung. Ihm scheint es egal zu sein, er will nur kurz seinen Schwanz versenken. Gemeinsam fahren wir mit seinem relativ chaotischem Auto, fast so wie meines, ein Stück auswärts, in ein nahes Waldstück. Das Radio läuft laut mit angesagter Musik auf Hochtour und er erzählt, dass er schon einige Bier getrunken hat. Mir sollte es komisch vorkommen, dass er mit ein paar Promille am Steuer sitzt, doch ich fühle mich sicher. Er fährt gut, schnell und seine verwegene Art gefällt mir. Am Waldrand angekommen, geht es gleich zur Sache. Er ist sehr aufgeregt, vielleicht liegt es am Alkohol. Ich habe natürlich wieder meine Decke dabei. Wir ziehen uns nackt aus und sofort fängt er an, in mich einzudringen. Er dreht mich auf den Bauch und drückt seinen Schwanz von hinten in meine wieder mal sehr nasse Muschi rein. Ich bin überrascht, denn sein hartes Glied hat eine beachtliche Größe und fühlt sich in mir gut an. Alles geht schnell, nach einigen Minuten ist das Abenteuer vorbei. Es war geil und genau so, wie ich es mir für heute vorgestellt habe. Er fährt mich zurück und so schnell wie er gekommen ist, ist er wieder verschwunden. Ich fühle mich fantastisch und bin doch etwas verwirrt über das Speed-Dating. Ich kann es nicht einordnen. Wer ist er? Hatte er es so nötig? Das war fast irgendwie übersinnlich. Etwas nachdenklich und doch zufrieden gehe ich ins Bett, wieder alleine. Das Fenster ist offen und ich horche in die Nacht hinaus. Die Einsamkeit macht mich kaputt. Ich bin traurig, Tränen laufen über mein Gesicht. Ich denke an meinen Mann, wie er mir fehlt. Wie schön wäre es, wenn wir zusammen einschlafen könnten, so wie die letzten 30 Jahre. Das wird nie wieder sein, die Verzweiflung hat mich im Griff. Das Leben kommt mir so sinnlos vor. Ich weine und weine. Schlafen kann ich nicht. Tue ich hier das richtige? Mich mit anderen Männern amüsieren? Es ist ja eigentlich kein wirklicher Spaß, es ist nur eine Befriedigung. Mehr nicht. Die Nacht scheint unendlich zu sein. Chris hat sich wieder gemeldet und Heiko ebenfalls. Beide wollen mich wiedersehen. Ein schönes Gefühl. Und so warte ich, bis der Morgen anbricht und ich endlich aufstehen kann.

Es ist ein Freitag, Start ins Wochenende. Dieser Tag macht mich extrem traurig. Freitags haben wir, also mein Mann und ich, die letzten Jahre den ganzen Tag zusammen verbracht, ich hatte also keine Pressetermine. Das hatte ich bewusst vermieden. Wir haben es uns gemütlich gemacht und die Zeit für uns genossen. Am Nachmittag gab es Kuchen und Wein oder im Sommer Bier und leckeres vom Grill. Diese Erinnerung schmerzt besonders. Was wird der Tag heute bringen? Alle Kinder, ich habe fünf davon, drei Jungs und zwei Mädchen, sind da. Es ist bei uns immer Leben, Leben was mir zuviel ist. Ich würde gern in meine eigene kleine Welt, in meine Vergangenheit abtauchen wollen. Das lässt man nicht zu. Es wird ständig auf mich aufgepasst, sich um mich gekümmert. Eine liebe Geste, die mir allerdings meist zu viel ist. Ich fühle mich immer wie in Trance, weit ab der realen Welt.

Mein E-Mail-Postfach signalisiert eine Nachricht von Heiko. Er fragt, ob ich heute Abend Zeit hätte. Eigentlich ist sein Schwanz mir zu kurz, aber um hier dem Zuhause zu entfliehen, willige ich ein. Ein wenig rumfummeln und andere Gesellschaft lenkt mich vielleicht ab. Außerdem ist er lieb und verständnisvoll. Ein Mann mit Stil, obwohl er bei mir als Langweiler läuft. Treff ist wieder am üblichen Ort zur üblichen Zeit. Diesmal nehme ich zusätzlich eine kleine Flasche Sekt und zwei Gläser mit. Das wird die Sache etwas auflockern. Seine herzliche Begrüßung zeigt, dass er sich wirklich freut, mich zu sehen. Kurze Zeit später lassen wir uns auf der uns bekannten Wiese nieder, ziehen uns aus und öffnen den Sekt. Dabei erfahre ich, dass er eigentlich keinen Alkohol trinkt. Na wusste ich doch, ein Lang-weiler. Da ist mir Nummer drei, Thomas, der durch-geknallte Typ mit dem flotten Fahrstil, doch lieber. Außerdem hat er einen wunderbaren Liebesstab zwischen den Beinen, an den ich ständig denken muss.

Im Mondschein genießen ich mit Heiko die Zwei-samkeit. Eigentlich reicht mir das für heute, aber dafür sind wir nicht hier. So fummeln wir noch etwas rum, er streichelt meine Pussy, will sie un-bedingt lecken. Ich lasse alles einfach zu, genieße es, soweit wie es geht. Er scheint sich wohl zu fühlen, streichelt mich überall. Wieder zu sanft, zu zaghaft. Ich lasse es so geschehen, es spielt nicht wirklich eine Rolle.

Mir gehen viele Gedanken durch den Kopf. Mit Chris, dem jungen kraftvollen Mann war es am geilsten. Mit Thomas, dem dynamischen Typen mit den breiten Schultern und dem unbekümmerten Auftreten am aufregendsten. Seine einfache Art, seine Energie hat mich fasziniert und so verpasse ich ihm für mich selbst den Spitznamen "Casanova". Immerhin hat sich Thomas nach unserem Treff nach mir erkundigt und gefragt, ob ich gut wieder Zuhause angekommen bin. Vielleicht höre ich nochmal was von ihm. Ich melde mich niemals bei den Männern nach meinen Verabredungen, schließlich möchte ich mich nicht aufdrängen. Ich will nur schnellen Sex, mehr nicht.

Nun liege ich wieder in meinem Bett, starre die Decke an und denke an den Abend mit Heiko. Wirklich befriedigend war er nicht, aber es war nicht unangenehm. Mit diesem Gedanken versuche ich etwas zu schlafen, was mir wie immer nicht gelingt. Dabei müsste ich endlich mal etwas zur Ruhe kommen, morgen habe ich vormittags einen Pressetermin und dazu muss ich halbwegs fit sein. Ich liege noch lange wach, irgendwann verfalle ich in einen kurzen Schlaf.

Früh, kurz nach sieben Uhr, werde ich von meinem Sohn mit einem Kaffee geweckt. Diesen genieße ich im Bett und sehe mir dabei meine Nachrichten an. Es haben sich wieder viele Bewerber gemeldet und sogar von Chris, dem hübschen jungen Mann mit der Kneipe, ist eine Nachricht da. Er schreibt, dass er mega geil ist und Lust hätte, jetzt sofort sich mit mir zu treffen. Ich blicke aus dem Fenster, das Wetter ist gut und es spricht nichts gegen eine kleine erotische Morgenauszeit im Auto oder in der Natur. Ich schlage ihm vor, dass ich gegen neun Uhr in seiner Nähe sein kann und wir uns auf dem Parkplatz an der U-Bahnstation in Britz treffen. Nun wird es hektisch. Ich kippe mir den Kaffee runter, dusche schnell und sitze kurze Zeit später völlig aufgedreht im Auto auf dem Weg zu Chris. Ich freue mich und kann es kaum erwarten. Das Navi zeigt 25 Minuten Fahrzeit an, die Musik stelle ich auf sehr laut, ich singe mit und wackel dabei mit meinem Kopf. Glück pur durchströmt mich. Am Treffpunkt angekommen, ist noch nichts von Chris zu sehen. Ich prüfe kurz meine Nachrichten. Nichts von ihm, dafür von Thomas. Auch er ist geil und würde mich gern sofort treffen wollen, jetzt gleich. Was ist heute los? Liegt das am Wetter? Ich schreibe ihm etwas Liebes zurück und erkläre, dass ich bereits arbeiten bin. Er lässt nicht locker und fragt, wo ich wäre. Meine kurze Antwort, ich bin in Britz, sollte das Thema beendet haben. Denke ich. Aber das Gegenteil passiert. Er ist sehr erfreut, denn er ist zufällig ebenfalls in Britz. Was für eine verrückte Welt. Eigentlich möchte ich ihm absagen, allerdings ist von Chris weit und breit immer noch nichts zu sehen und ich vertröste Thomas darauf, dass ich mich in einer viertel Stunde noch mal melde. Was ist los mit Chris? Es war sein Vorschlag, sich um diese frühe Zeit zu treffen und nun kneift er? Ich schreibe ihn nochmal an, aber keine Reaktion. Er ist auch nicht online bei Whatsapp. Was ist passiert? Ich gebe ihm noch zehn Minuten. In der Zwischenzeit vertröste ich wieder Thomas, dass es noch kurz dauert, bis ich weiß, ob wir uns gleich sehen können. Ich prüfe nochmal die Nachrichten und breche das Warten auf Chris ab. Thomas ist ein interessanter Mann und reizt mich sehr, ich will ihn sehen, jetzt. Wir verabreden uns am Britzer Garten und ich freu mich auf ihn. Seine unbekümmerte Art gefällt mir, seine Spontanität macht gute Laune und ist genau das, was ich jetzt brauche.

Pünktlich wie besprochen ist er da. Allerdings nicht mit dem Auto, sondern mit einem E-Roller, da er laut seiner Aussage schon einige Bier und Havanacola getrunken hat. Was ist das für ein Typ, der um diese Uhrzeit schon so eine Menge Alkohol intus hat? Aber irgendwie gefällt es mir. Er ist fernab der üblichen Masse, setzt sich ab, stellt sich gegen die Norm und scheint das Leben voll auszukosten.

Eigentlich genau mein Beuteschema und wirklich eher ein seltenes Exemplar unter all den heutigen Waschlappen. Er begrüßt mich liebevoll, seine hellen Augen leuchten um die Wette, ich kann mich kaum davon lösen. Wir packen den E-Roller in meinen Kofferraum, fahren ein kurzes Stück mit dem Auto und lassen uns an einem Feldrand mitten auf einer Wiese nieder. Ohne zu zögern werfen wir unsere Klamotten ab. Das Gras ist noch feucht vom Morgentau, genauso wie meine Muschi. Splitternackt, bei etwa dreizehn Grad Außentemperatur, sitzen wir uns auf meiner Decke gegenüber. Wieder geht er schnell zur Sache, was auch nötig ist, denn einerseits ist es verdammt kalt und zweitens nähert sich von Weitem ein Mann mit seinem Hund. Thomas weiß wieder was er will. Er dreht mich um, bewegt mich in die Doggystellung, legt seine schönen großen weichen Hände auf meinen Po und stößt kurz und heftig zu. Sein Saft ergießt sich in mir und über meinen Arsch. Ich fühle die Wärme und blicke in seine erregten Augen. Ich empfinde es als gut mit ihm. Seine Wildheit und sein verwegenes Lächeln fesseln mich. Er ist auf seine Art einfach gestrickt, aber etwas Prickelndes schlummert in ihm. Natürlich ist es nicht meine Aufgabe, das herauszufinden. Aber es macht die Sache eindeutig interessanter. Auch er hat Tattoos. Eines ist auf seiner linken Brust mit "Liebe meines Lebens" verewigt, das zweite prangt groß an seinem Oberschenkel. Darauf zu sehen ist ein Gebäude vor dem sich ein Mann und ein Kind mit einem Ball unterm Arm an der Hand halten. Ich kann dieses Motiv nicht deuten, frage aber nicht nach. Das wäre zu persönlich, jedenfalls sieht es sehr ungewöhnlich aus und ist wirklich gut gemacht. Ebenfalls interessant ist wieder mal meine Spekulation was Hand- und Fußgröße mit der Penisgröße zu tun haben. Bei Thomas bewahrheitet sich meine Theorie ebenfalls. Er hat wunderbar schöne, wohlgeformte große Hände, von denen man sich gerne anfassen lässt. Seine Schuhe liegen umgedreht im Gras neben der Decke und zeigen die Größe 45 auf. Über das wichtigste Detail, welches zwischen seinen Beinen hängt, kann ich nur sagen, dass es mich voll ausfüllt und jede Frau von dieser Größe begeistert wäre. Also Mädels, immer schön zuerst auf die Hände achten.

Mein anschließender Pressetermin verläuft gut, ich stelle einen örtlichen Anglerverein vor. Meine durchgefickte Aura scheint anziehend zu wirken, die Männer des Vereins sind sehr zuvorkommend und geben sich Mühe, sich gut zu präsentieren. Einer läuft dem anderen den Rang ab, jeder möchte besonders charmant rüberkommen. Ich genieße es und sehe, wie ich mit meiner Anwesenheit aufreizend wirke. Meine prickelnde Laune überträgt sich schnell und am Ende meines Termines gibt es für den ältesten Herren der Mitglieder, der etwas über 80 Jahre alt ist, sehr provozierend von mir eine zärtliche Umarmung und einen kleinen Kuss auf seine Wange, was die anderen Anwesenden erstaunen lässt. Ich genieße es und verabschiede mich mit einem gutgelaunten Lächeln und einer inneren Zufriedenheit.

Chris, der smarte junge Mann, hat sich mittlerweile ebenfalls wieder gemeldet. Er ist früh, als wir uns am U-Bahnhof Britz verabredet hatten, wieder eingeschlafen und erst Stunden später aufgewacht. Wenn er wüsste, wie schön ich diese Zeit genutzt habe und es wirklich genossen habe. Mit Thomas, meinem Casanova. Ein wenig Zärtlichkeit rührt sich in mir. Thomas ist so ein Chaot und irgendwie so verletzlich, als ob ich auf ihn aufpassen müsste. Merkwürdige Gefühle kommen in mir hoch, die ich gleich wieder abschüttel. Empfindungen, die mich mit ihm auf eine gewisse Weise zu verbinden scheinen. Mit schönen Gedanken gehe ich abends ins Bett, trotzdem kann ich nicht einschlafen.

Ich öffne wieder mein Mailpostfach und sehe die neuen Lover durch. Eigentlich habe ich in den nächsten Tagen keine Zeit dafür. Der Tod meines Mannes hat uns viel Zeit gekostet, über Wochen haben wir nicht wirklich arbeiten können. Die Situation hat uns gelähmt, noch immer beherrscht tiefe die Traurigkeit unseren Alltag. Doch wir versuchen ein wenig die angestaute Arbeit aufzuholen oder zumindest geben wir alles. Tag und Nacht sind meine Kinder und ich mit der Firma beschäftigt, müssen uns neu orientieren. Es läuft gut, ich bin selbst überrascht. Es ist wirklich fast so wie wenn sich eine Tür schließt, öffnet sich die nächste. Zum Glück sind wir dabei auf der richtigen Seite der Tür.

Ich sehe weiter meine E-Mails durch. Vielleicht morgen früh ein schneller Treff hier auf einen der Parkplätze in der Nähe. Warum nicht. Meine Lust kennt mittlerweile keine Grenzen. Befriedigt ist befriedigt. Tatsächlich schlägt einer der "Bewerber" das vor. Bevor ich lange zögere, mache ich für den nächsten Morgen acht Uhr einen Termin auf einem nahe gelegenen Parkplatz aus und verfalle mit diesen Gedanken für wenige Stunden in einen sehr unruigen Schlaf.

Der Tag erwacht und ich freu mich, dass er mit ein wenig Erotik beginnen wird. Mittlerweile habe ich die Jagd nach sexueller Erfüllung zu meinem Hobby entwickelt. Auch andere Männer spüren meine Geilheit und ich genieße ihre Zuwendung. Es ist Sommer und ich trage gern kurze Kleider, die bunt und ungewöhnlich sind. Schlüpfer lasse ich meist weg. Meine Oma sagte immer, egal wohin du gehst, zieh immer eine saubere Unterhose an. Was würde die wohl zu meiner Variante sagen, überhaupt keine an zu haben? Ich denke oft an sie, auf ihre Art war sie echt durchgeknallt. Sicher habe ich meine Mentalität von ihr. Meine vielen dunklen Locken zeigen ebenfalls meine Wildheit und nehmen sich ihre Freiheit. Egal ob ich an der Kasse im Supermarkt stehe oder an der Tankstelle mein Auto befülle, überall komme ich plötzlich ganz unkompliziert ins Gespräch und finde schnell Kontakt.

Punkt 8 Uhr stehe ich mit meinem Sommerkleidchen ohne Unterwäsche am Parkplatz am Müggelsee. Um diese Zeit sind hier noch wenig Besucher. Es nähert sich mir ein größeres Auto. Ich blicke gespannt und doch eher unbeeindruckt ihm entgegen. Ein Mann, Typ Handwerker, steigt aus und kommt auf mich zu. Er ist etwas nervös, blickt sich ständig um. Ist es sein erstes Mal? Ich hätte Lust zum Sex, aber er ist zu sehr damit beschäftigt, was um ihn rum passiert und ob uns jemand beobachtet. So gehen wir hinter seinen Transporter, er holt seinen Schwanz aus der Hose und ich blase ihn einen, so als ob ich das jeden Tag machen würde. Es gibt keine Emotionen, keine Aufregung. Ich nehme sein mittlerweile sehr erregtes hartes Glied zwischen meine

Hände, führe es zu meinem Mund und stecke es zwischen meine Lippen. Ich bewege es gleichmäßig hin und her. Kurze Zeit später ergießt sich sein Sperma über mein Gesicht. Leicht stöhnend beendet er seinen Höhepunkt und scheint erleichtert zu sein, dass wir von niemanden erwischt wurden. Er kuckt mir zärtlich mit einer Art Dackelblick in die Augen, die Aufregung ist gewichen. Zwischen seinen Lippen presst er hervor, dass er mich gern mal in den Arsch ficken möchte, das macht ihn an. Mit diesen Aussichten verabschieden wir uns und mir ist klar, den sehe ich nie wieder. Zumindest bin ich nicht scharf darauf, mir in mein Hinterteil was reinstecken zu lassen. Ich sortiere mich kurz und mache mich auf den Weg zu meinem ersten Pressetermin. Es gab zwar keinen Schwanz zwischen den Beinen für mich, aber irgendwie fühle ich mich trotzdem gut. So wie eine Nutte, die fremden Männern einen bläst. Das ist erregend und ich wundere mich über mich selbst, mit welcher Gelassenheit ich das erledige.

Dann hat mich der Alltag wieder im Griff. Termine, Texte und die unendliche Traurigkeit beherrschen mich. Ich bin vielfach am Aufgeben, der Gang zum Sprung von der Brücke rückt oft in den Fokus. Zu Hause finde ich keine Ruhe, ständig ist etwas los, immer ist jemand da. Der Kopf ist voll und gleichzeitig zeitlos leer. Alle machen sich Sorgen um mich, aber niemand kann eigentlich helfen. Ich muss es mit mir selbst ausmachen, zur Ruhe finden, mich selbst sortieren. Irgendwie. Jeder Tag ist angespannt.

Meine kleine Tochter, naja 18 Jahre als ist sie, meinte schon, ich solle mal für ein paar Tage in ein Hotel gehen und mich entspannen. Was soll ich allein im Hotel? In einem leeren Bett liegen und dort mich finden? Doch eine gewisse Vorstellung ist gut, ich könnte mich mit fremden Männern treffen, wilden Sex haben, die ganze Nacht durchvögeln. Ein schönes Kopfkino, bei dem ich zwischen meinen Beinen gleich wieder ein Kribbeln verspüre. Aber so ganz überzeugt mich dieses Vorhaben nicht. Es ist ein Gedanke, den ich erstmal zur Seite schiebe.

Stattdessen sehe ich wieder mein E-Mail-Postfach nach neuen Opfern durch. Heiko, der Kurzschwanz, hat sich gemeldet und Chris schreibt einige nette Zeilen und berichtet über seine alltäglichen Sorgen.

Mittlerweile tausche ich mich viel mit ihm aus. Wir reden über unsere Fantasien und können gemeinsam darüber lachen. Wir sprechen viel über Sex, über unsere geilen Ideen und er schickt mir Fotos, wenn er sich selbst befriedigt. Natürlich bekommt er von mir ebenfalls ein sehr anregendes Foto zurück. Wir reden darüber, einen flotten Dreier zu planen. Ich denke viel und oft an ihn – wir sind uns einig, dass wir uns sehr mögen und auf eine gewisse Art lieben. Er wird immer mehr zu meiner besten "Freundin".

Ebenso lässt Thomas was von sich hören, allerdings schreibt er nur, dass er mich mal etwas fragen möchte und gerade irgendwo bei einem Fest ist. Dabei verleiere ich die Augen, sicher will er was über meine sexuellen Vorlieben wissen, ob ich erotisches Spielzeug habe oder sonst was. Ich antworte nur kurz, dass er sich einfach melden soll. Ich höre eine Zeit lang nichts mehr von ihm bis mitten in der Nacht seine Frage auf meinem Handy aufblinkt: Würdest du mal eine Nacht mit mir verbringen? Ich meine eine ganze Nacht in einem Hotel?

Dieses Angebot hat mir in meinen 50 Jahren noch nie ein fremder Mann gemacht. Es ist wie in einem Film. Der wilde, verwegene Typ, der die Frage stellt, wo dann alle mitfiebern, ob sie es tun wird oder nicht. Werde ich es tun? Ich denke nicht darüber nach, sondern sage einfach zu. Ich bin gerührt davon und fühle mich ein wenig wie ein Star. Gänsehaut überströmt meinen Körper. Wir klären kurz, wann und das ich das Hotel organisiere.

In dieser Nacht komme ich nicht zur Ruhe. Es ist eine faszinierende Vorstellung die ganze Nacht mit Thomas zu verbringen, ihn zu spüren und ungehemmten Sex zu haben. Einfach so, mit im Prinzip einem fremden Mann. Wilde Vorfreude macht sich breit. Die Lust kommt hoch. In Windeseile suche ich ein Hotel bei mir in der Nähe und buche es sofort online für den nächsten Abend, bevor er es sich anders überlegt. Die Info gebe ich an Thomas weiter, der sich sehr freut und beifügt, dass er etwas zum Essen und Getränke mitbringen wird. Zusätzlich fragt er noch, welche Art von Wein ich gern trinke. Wieder bin ich verwundert. Wer ist der Typ? Welcher Mann ist so aufmerksam und bringt noch das Dinner mit?

Ich weiß nicht, ob das ein Traum ist oder ob ich da in etwas Komisches reingerutscht bin. Ich habe nichts mehr zu verlieren, also schiebe ich meine Bedenken zur Seite und werde es einfach genießen.

Der nächste Tag ist wieder vollgepackt mit Arbeit und ich bin schon sehr zeitig wach. Aber es stört mich nicht. Ich kann sowieso nicht schlafen und um so mehr zu tun ist, um so mehr bin ich abgelenkt. Ich freue mich auf den Abend, immer wieder erwische ich mich, wie meine Gedanken abschweifen, sexuelle Fantasien mich beherrschen. Zwischendurch gehe ich zur Toilette und bringe mich kurz mit meiner Hand zum Höhepunkt. Gerade heute habe ich das Gefühl, dass die Zeit nicht vergeht. Die Minuten kriechen vor sich hin, wenn doch nur schon Abend wäre. Irgendwann ist es soweit. Ich verstau meine Medikamente, die ich leider gegen zu hohen Blutdruck und Herzrhythmusstörungen nehmen muss, sowie ein sehr leichtes kurzes Kleid in meine Tasche und mache mich auf den Weg in das gebuchte Hotel. Meine Erregung steigt, die Vorfreude zeigt sich an dem Rot meiner Wangen. Schnelle Musik läuft im Radio und lässt das Tempo meines Autos automatisch beschleunigen. Ich fühle mich frei und könnte vor Freude auf der Straße tanzen. Zum Glück kann man sich bei dem Hotel selbst einchecken und hat somit mit niemanden Kontakt.

Ich fühle mich gut, wild und freu mich auf das Abenteuer. Die Luft ist mild, raubt mir vor Erregung fast den Atem. Vor dem Hotelgebäude rauchen einige Männer und unterhalten sich auf polnisch. Alle grüßen nett und ich fühle mich gleich irgendwie angekommen, obwohl ich hier zum ersten Mal bin.

Das Zimmer ist gemütlich. Es hat ein großes Fenster, sogar mit Gardinen, die schön abdunkeln. Ein weiches Doppelbett ist der Blickfang. Zusätzlich steht an der Seite eine einladende Couch mit einem runden Holztisch. Alles sieht nach gepflegter Gemütlichkeit aus. Rechts von dem Raum geht es in ein Badezimmer, welches klein und hell ist. Eigentlich habe ich zu Hause geduscht, aber doppelt hält besser. Ich ziehe mich aus und lasse den heißen Wasserstrahl über meinen Körper plätschern. Dabei kommen mir wieder erotische Fantasien in den Kopf und meine Vorfreude nimmt weiter zu. In meinem kurzen dünnen Kleid bin ich also nun für eine Nacht der tausend Möglichkeiten bereit. Zwischendurch meldet sich Thomas, dass er eine Stunde später kommen wird. Immerhin sagt er Bescheid. Wird er überhaupt kommen? Oder habe ich mich einfach leichtsinnig zu Unfug verführen lassen? Zweifel kommen auf. Vielleicht sollte ich einfach gehen und das hier hinter mir lassen? Ich kenne ihn sowieso nicht. Wer ist er? Warum ich? Warum gerade mit mir eine ganze Nacht? Was hat er vor? Ich bleibe, denn meine Neugier ist stärker. Viel stärker und meine Geilheit ebenso.

Eine Stunde später ist er tatsächlich da und wir begrüßen uns, als ob wir uns schon ewig kennen. Er sieht gut aus, ist wieder lässig mit durchlöcherter Hose und weit geöffnetem Hemd angezogen. Sein verschmitztes Lächeln brennt sich sofort in mein Gehirn ein. Dabei leuchten seine Augen und zeigen wirkliche Freude sowie pure Lebenslust. Er nimmt mich kurz in den Arm, gibt mir einen Kuss und ich fühle seine männliche Stärke, seine Jugend, seine Leichtigkeit. Er ist wieder sehr aufgeregt, leicht hektisch, positiv gestresst und hat eine große Thermobox bei sich. Geschickt stellt er diese im Raum ab und präsentiert daraus Entenbraten mit Rotkohl und Klößen. Ich bin von so viel Liebe fasziniert und in mir stellen sich immer mehr Fragen, über die ich gerade jetzt nicht nachdenken kann. Der Wein, den er dazu serviert, schmeckt fantastisch, ich fühle mich wie eine kleine Prinzessin. Geliebt und verstanden. Er weiß nichts von meinem Schicksal, von dem was ich fühle, was in mir vorgeht. Und ich werde es nicht erzählen. Niemand ist für meine Sorgen und Trauer verantwortlich. Damit muss ich allein zurecht kommen, es mit mir selbst ausmachen. Das Essen ist ein Traum und viel zu viel. Es bleibt einiges übrig. Der Sex danach ist ebenso vorzüglich und fühlt sich verdammt gut an. Wie immer bei Thomas, kurz, leidenschaftlich, mit voller Zuneigung und Rücksicht. Und tatsächlich liege ich danach nackt neben ihm, die ganze Nacht. Ganz nah, ich spüre seinen Atem, höre sein leises Schnarchen, vernehme seinen Duft. Ich sollte nun schlafen, aber ich kann nicht. Ich genieße seine Wärme, seine Stärke. Ein Gefühl von Geborgenheit umgibt mich.

Gegen drei Uhr nachts wird er wach, ich bin sowieso wach. Der Hunger plagt ihn. So stehen wir auf, schalten den Fernseher an, setzen uns nackt auf die Couch und verspeisen den Rest von Ente und Rotkohl. Ich trinke noch den übrigen Wein aus und er öffnet sich eine Dose Havanacola. So etwas Verrücktes, mitten in der Nacht mit einem fremden Mann nackt aufzustehen, um noch mal was zu essen, hatte ich noch nicht, aber es gefällt mir. Er durchbricht die Routine, genau das brauche ich. Wie hat mir das gefehlt, nicht allein zu sein, einfach die Zeit gemeinsam verbringen, egal was man tut und zusammen einschlafen. Diese Vertrautheit, die Freude auf den Morgen, wenn man aufwacht, sich in die Augen sieht und glücklich ist, obwohl ich wahrscheinlich kaum schlafen werde.

Der Tag bricht an und das Erwachen ist so, wie ich es mir vorgestellt habe. Ich blicke zu ihm rüber. Er sieht mich zärtlich an, gibt mir einen lieben Kuss und streichelt mit seiner großen starken Hand über meine wilden Haare. Ein warmer Schauer durchfährt mich und ich weiß, ich möchte es wiederholen. Fast schon traurig verabschieden wir uns kurze Zeit später und jeder geht seiner Wege. Ich fahre nach Hause mit einer kleinen Sehnsucht, dass die Nacht vorbei ist. Es war schön und hat sich gut angefühlt. Ich hoffe, ihm hat es ebenfalls gefallen.

Ich müsste heute so viel machen, kann mich aber nicht konzentrieren. Dieser Typ hat mich aus dem Gleichgewicht gebracht, mich wieder mal Leben lassen, mir gezeigt, dass ich eine Frau bin. Eine Frau, die man genießen kann, mit der man gern zusammen ist. Zumindest hoffe ich das sehr.

Die nächsten Tage ist wieder Arbeit, Arbeit und nochmal Arbeit angesagt. Ein Pressetermin nach dem anderen steht an. Thomas ist etwas aus meinem Fokus gerückt. Wir schreiben uns hin und wieder, allerdings nur belanglose Sachen. Guten Morgen oder schönen Abend. Was war ich für ihn? Nur ein Abenteuer? Ja, wahrscheinlich, sonst wäre er nicht auf meine Anzeige gestoßen. Wer dort auf dem Erotikportal unterwegs ist, sucht meist nur eine kurze Abwechslung. So wie ich auch. Ich nehme es als einmaliges Erlebnis hin und wende mich wieder meiner Schreibtätigkeit für den Verlag zu.

Der Nachmittag zieht sich, ich komme trotzdem mit meinen Erledigungen für die Firma gut voran.

Alles geht mir leicht von der Hand. Mein Mann war für mich der beste Journalist der Welt und hat mich perfekt auf diese Aufgabe vorbereitet. Ich kann gut mit Menschen umgehen, diese für mich begeistern und ihnen Sachen entlocken, die sie sonst nicht erzählen. Daraus entstehen meine Texte, die sehr einfühlsam sind und die Persönlichkeit meiner Interviewpartner wieder spiegeln. Damit bin ich ganz erfolgreich, denn immer wieder bekomme ich eine Menge Lob und liebe Rückmeldungen.

Am Abend sehe ich meine Nachrichten durch. Es gibt einen netten Gruß von Heiko und Chris hat etwas geschrieben. Der Handwerkertyp vom Parkplatz ist ebenfalls präsent und würde mich nun gern mal in den Arsch ficken. Er schreibt mir seine Fantasien. Er möchte, das ich nackt bei mir im Haus rumlaufe, er dann einfach reinkommt und mich von hinten nimmt. Er fragt noch, ob ich Gleitgel da hätte. Ich denke über diese Art von Sex nach. Warum will ein Mann das? Weil es enger ist? Oder weil es ein wenig pervers ist? Ist es das? Ich mag es auch, wenn man meinen Po streichelt und sogar kann ich es als schön empfinden, wenn mich jemand dort mit seinem Finger massiert. Ist doch irgendwie eine erregende Angelegenheit. Neben dem Arschficker haben sich noch Unmengen weitere Kandidaten gemeldet und eigentlich hätte ich noch Lust. Einer fällt mir gleich auf, er ist aus Zeuthen. Nicht weit weg also – hätte sofort Zeit und ich habe riesen Lust. Er hat kein Auto und so hole ich ihn um 21 Uhr bei mir an der S-Bahn-Station in Wilhelmshagen ab. Wieder bin ich gespannt, was mich erwartet. Heute ist außer mir niemand zu Hause und ich nehme ihn mit zu mir. Sein Name ist Stephan, er ist 28 Jahre alt und sein Erscheinungsbild erfreut mich. Er ist etwa so groß wie ich, hat dunkle Haare, dunkle Augen und eine sehr offene und einfache Art. Ich merke ihm an, wie erleichtert er ist, dass ich unkompliziert bin und wir kommen schnell in ein Gespräch. Gemeinsam fahren wir zu mir und reden die ganze Zeit ungezwungen miteinander. Er ist sehr unterhaltsam und ich fühle mich wohl. Bei mir halten wir uns nicht lange auf. Klamotten werden abgelegt und schon geht es los. Er hat einen großen und sehr festen Schwanz der dazu einlädt, dass er sofort in mich eindringt. Ich verschwende keine Minute und nutze die Situation. Mit schönen festen Stößen und gleichmäßig harten Bewegungen bringt er mich in kürzester Zeit zu einem extremen Höhepunkt, den ich unendlich genieße. Endlich mal so, wie ich es gern habe. Schnell, hart und ausfüllend. Nach einer kleinen Pause wiederholen wir die Sache und es ist noch besser, noch intensiver. Meine Nippel sind so steif, dass die schon weh tun. Er packt zu und weiß was er will. Wir kommen beide zusammen zum Orgasmus und sein Schwanz steht immer noch. Ich genieße es und fühle mich unheimlich gut. Immer wieder beteuert er, wie aufgeilend das war und was er für ein Glück er mit mir hat. Er sagt mir, wie erotisch und hübsch ich bin. Alles Sachen, die mir runter gehen wie Öl.

In der Nacht kann ich ein wenig schlafen. Ich bin befriedigt und etwas geschafft. So langsam wird es mit all den Männer unübersichtlich. Aber ich kann nicht genug bekommen. Ich habe Lust auf vieles, zumindest denke ich mir das und ich würde mir sogar in den Arsch ficken lassen. Ich denke kurz an Thomas, seine Art hat schon etwas besonderes. Ganz gegen meine eigene Einstellung, mich niemals selbst bei meinen Erotikpartnern zu melden, schreibe ich ihm einen lieben Gruß, formuliere ein paar nette Worte über seine starke Aura, seinen kraftvollen Körper und wünsche eine schöne Zeit. Ich weiß zwar noch nicht, wo bei ihm der Haken ist, er ist wie ein dunkles Geheimnis. In diesem Moment kommt sofort eine Nachricht von ihm zurück:

> **THOMAS schreibt:** Ohh schön du aber auch. Das ist alles so unkompliziert mit uns. Danke jetzt werde ich rot. Wenn einer das Herz an der richtigen Stelle hat bist du das. So lieb und nett und so toll. Wäre es vielleicht möglich das du nochmal ein Hotel buchst, bitte für heute?

Er schreibt weiter, dass er heute in Schönefeld arbeitet und fragt, ob wir nachher die Nacht zusammen dort im Airporthotel verbringen wollen. Ich bin gerührt und gleichzeitig fasziniert von seiner offenen Art. Das bedeutet, dass es ihm mit mir gefallen hat? Mir mit ihm jedenfalls sehr. Seine weiche und doch extreme Männlichkeit sind eine reizvolle Mischung. Ohne zu zögern sage ich zu. Kurze Zeit später kommt von ihm die Info zu Uhrzeit und Hotel. Ich bin gerade einfach nur glücklich, freue mich auf den Abend und vor allem auf eine Nacht, in der ich nicht allein schlafen muss. Die schöne Vorstellung, wieder neben ihm zu liegen, seinen starken Körper zu spüren und zu fühlen, wie er seine Hand zu mir legt, mich zärtlich umfasst und ich so einschlafen kann, ist wundervoll. Ich kann natürlich sowieso nicht schlafen, aber es fühlt sich unheimlich gut an. Trotzdem frage ich mich, warum er gerade mich ausgesucht hat. Ich bin fast 20 Jahre älter, in seinen Augen sieht er sicher in mir etwas anderes, als ich wirklich bin. Aber ich spüre Schwingungen zwischen uns, dass wir auf der selben Wellenlänge sind, nur auf unterschiedlichen Ebenen. Beide stellen wir uns gegen den Strom, sind abseits der Spießer und ziehen unser eigenes Ding durch. Ich erfolgreich mit Firma und allem was man sich vorstellen kann, er wohl eher auf unterem Niveau. Zumindest was ich bis jetzt so einschätzen kann. Irgendwie hat er Stil. Er ist immer gepflegt, riecht gut, legt Wert auf coole Klamotten und gibt sich um mich unheimlich viel Mühe, obwohl wir uns nicht kennen und er nicht wissen kann, was mir wichtig ist. Er ist sehr aufmerksam und hat schon beim ersten Treff gefragt, welche Art von Wein ich mag. Bei ihm passt so einiges nicht zusammen, aber ich werde es herausfinden. Aber will ich das? Eigentlich ging es bisher nur um Sex und irgendwie sollte es so bleiben. Aber ich erwische mich selbst ständig dabei, wie ich an ihn denke, immer wieder mal die Nachrichten prüfe und hoffe, ein Zeichen von ihm zu bekommen. Er hat wohl meine Gedanken gespürt und nun kann ich es kaum erwarten, ihn zu sehen.

Ich bin pünktlich da, checke schon mal ein, bezahle und hinterlasse meine E-Mail-Adresse für den Beleg. Das Hotel ist unweit vom Airport und hat eine Menge Etagen. Wir bekommen ein schönes Zimmer im fünften Stockwerk und ich fühle mich unheimlich entspannt. Kurze Zeit später trifft Thomas, der sich vorher ebenfalls an der Rezeption eingecheckt hat, ein und schlägt vor, dass wir uns etwas zum Essen bestellen können. Im Hotel liegt der Flyer eines Lieferservices aus, der einiges im Angebot hat. Er entscheidet sich für Hähnchenkeulen und ich mich für Spaghetti Carbonara. Bei letzterem erwähnt er, dass er nicht wirklich ein Nudelfan ist. In der Zwischenzeit ziehen wir uns aus, setzen uns nackt aufs Bett und genießen ein Glas Wein. Wie beim letzten Mal läuft der Fernsehen. Das ist ein Muss bei ihm, 24 Stunden läuft das Teil, sogar die ganze Nacht durch, wenn wir schlafen. Irgendwie stört es mich nicht. Es ist Leben. Wir reden ein wenig über den Tag und die Zeit dazwischen. Von sich selbst erzählt er wenig und ich frage auch nicht nach. Wir sind einfach zusammen und es ist so, als ob wir das schon immer so machen. Es gibt keine Scheu, kein Unwohlsein. Alles spielt sich nackt ab. Eine wunderbare Harmonie, die ich sehr genieße. Er lässt sich von mir massieren, mag es, wenn ich mit meinen Fingernägeln seinen Rücken berühre und ihn am Hals kratze. Er empfindet es sichtlich als Entspannung. Kurze Zeit später wird das Essen geliefert, was wir im Bett verspeisen. Merkwürdigerweise findet er meine Nudeln gar nicht so schlecht. Am Ende hat er sie doch aufgegessen. Die ganze Zeit läuft immer noch der Fernseher, eine Musiksendung bestimmt das Programm und gemeinsam kucken wir diese, worauf ich eigentlich nicht achten kann. Wir streicheln uns und kurze Zeit später fühle ich ihn in mir. Schnell, heftig und gut. Den restlichen

Abend liegen wir nebeneinander, erleben intensiv die Zweisamkeit und lassen das sinnlose Fernsehprogramm über uns ergehen. Ich spüre innerliche Freude und wünsche mir, dass diese Nacht niemals endet. Mit Thomas steht die Zeit still, ich tauche in eine andere Welt ein, sauge jede Sekunde tief in mich auf.

In der Nacht ist er sehr unruhig, furchtbares Jucken an der Brust und im Gesichtsbereich nervt ihn, seine Nase ist zudem verstopft und blutet leicht. Mir ist seine Nervosität egal, immerhin weiß ich, dass er da ist. Er soll nur hier sein. Ich möchte einfach nicht allein sein. Immer wieder entschuldigt er sich, dass er so nervig und unruhig ist. Geht mehrfach duschen, trinkt ständig etwas. Immer wieder erkundigt er sich nach meinem Befinden. Ich genieße seine Fürsorge und vor allem seine Anwesenheit. Irgendwann gegen drei Uhr in der Nacht fragt er mich, ob wir noch was essen wollen. Ist zwar immer noch nicht direkt meine Zeit für einen Snack, aber ich stimme zu und wir lassen uns die Reste vom Lieferservice schmecken und trinken dazu noch einige Gläser Wein, er zusätzlich natürlich noch seine zwei Dosen Havanacola. Das scheint wohl so eine Art Markenzeichen von ihm zu sein, er hat immer eine Vorrat davon bei sich. Der Fernseher läuft immer noch und wir lassen unserer sexuellen Lust aufeinander noch mal freien Lauf.

Irgendwann endet diese wunderbare Nacht und wieder nehme ich mit etwas Wehmut Abschied von Thomas. Da ich vor ihm gehe, lasse ich bewusst mein rosa Unterhemd neben dem Bett liegen, damit er es mitnehmen muss. Das wäre zumindest ein Grund, dass er sich bei mir meldet. Wird es dann eine weitere Nacht geben? Ich würde es mir sehr wünschen und innerlich schicke ich einen Gruß an den Himmel, dass er mir dabei hilft.

Ich sitze im Auto mit lauter Musik bei Radio Energy und fahre zurück nach Hause. Ich fühle mich verdammt gut, singe laut mit und um mich versinkt der ganze Stress und Ärger, der mich derzeit außerhalb meiner erotischen Erlebnisse beherrscht. Sogar meine Traurigkeit ist etwas gewichen, auch wenn das ein wenig unmoralisch ist. Darf ich das? Steht mir das zu, ein wenig glücklich zu sein? Meinen Mann würde es freuen. Er wollte immer, dass ich glücklich bin, in jeder Hinsicht. Er war sehr frei in seinem Denken, setzte mir keine Grenzen. Er war in seinem Handeln sehr großzügig und stellte sich selbst immer zurück. Er ließ sich nichts sagen und vertrat immer seine Meinung. Lieber verzichtete er auf etwas, als irgendwelchen Unsinn mitzumachen. Das fand nicht jeder gut und er galt oft als unbequem. Eine Eigenschaft, die mir so noch nie bei einem Mann begegnet ist. Das hat ihn wirklich ausgezeichnet, dafür habe ich ihn sehr geliebt und liebe ihn dafür immer noch. Wenn er doch nur da wäre, da bei mir. Ich vermisse ihn so sehr. Seine Liebe, seine Gelassenheit und seine Stärke, immer für mich da zu sein. Stets über den Dingen zu stehen, sich selbst nicht wichtig zu nehmen und immer zu vergeben. Vielleicht mag ich Thomas deshalb, weil er doch etwas Ähnlichkeit hat. Er ist ebenso cool, steht über den Dingen, ist gelassen und hat viel Liebe in sich und weiß, was ihm wichtig ist. An meinem Handy kommt eine E-Mail für einen Maik von dem Hotel soeben, wo ich die Nacht mit Thomas verbracht habe. Sie fragen, ob der Aufenthalt angenehm war. Wer ist Maik? Plötzlich dämmert es mir. Entweder ist Thomas oder Maik nicht sein richtiger Name. Allerdings muss Thomas beim Einchecken an der Rezeption seinen Ausweis vorlegen und so stelle ich für mich fest, dass er wohl eigentlich Maik heißt. Warum stellt er sich bei mir mit einem anderen Namen vor? Ist doch eigentlich egal. Maik passt sowieso viel besser zu ihm.

Zu Hause angekommen bin ich auf Wolke sieben. Meine Laune ist gigantisch gut, ich könnte tanzen vor Freude. Ist das unpassend? Ich, die traurige Witwe, tanzt? In mir kommt ein Gefühl der Freiheit hoch, ein Empfinden, dass es eigentlich egal ist, was ich tue. Ich bin nur noch für mich verantwortlich. So traurig wie alles ist, ist diese Erkenntnis gerade etwas befreiend. Nur ich mit mir selbst, im freien Fall, wie auf einer Autobahn mit Tempo 220. Ich falle und falle und fühle mich gut, super gut. Ich sehe wild aus, alle Haare stehen kreuz und quer von meinem Kopf ab, meine Kleidung sitzt nicht und meinen Absatzschuhen haftet der Dreck der Straße an. Ich fühle mich wie ein kleines Luder, was man aus einer Irrenanstalt gelassen hat. Wie gern würde ich dieses Gefühl ganz lange in mir tragen, doch kurze Zeit später holt mich die Realität ein. Termine müssen geplant werden, Artikel redigiert werden und Korrekturen abgesegnet sein. Der Stress geht los, trotzdem fühlt es sich gut an. Thomas, also nun wohl Maik, hat sich ebenfalls gemeldet und einen lieben Gruß geschrieben. Er scheint beste Laune zu haben und ich frage mich wieder, was er mit mir will. Er sieht gut aus, ist jung, hat Manieren und wohl ein riesiges Herz an der richtigen Stelle. Er könnte so viele Frauen glücklich machen und sicher bald die richtige für sich finden. Oder vielleicht hat er eine Frau und ich bin nur etwas Abwechslung für ihn? Was stimmt mit ihm nicht?

Bei meinen Nachrichten ist eine herzliche Info von Chris. Er hätte riesen Lust auf mich, aber wie immer keine Zeit. Was für ein liebenswerter Chaot. Auf der einen Seite scheint er schüchtern und zurückhaltend zu sein, dann wiederrum hat man das Gefühl, dass bei ihm alles außer Kontrolle ist. Oft ist er sehr direkt und schreibt, dass er meine großen Titten und meinen süßen Arsch mag. Dieser Charmeur. Er ist wirklich gutaussehend. Ein ungewöhnlicher junger Mann, der sich ebenfalls auf mich eingelassen hat. Aber irgend etwas blockiert Chris, er wirkt oft angespannt. Es ist immer so, wie wenn man nicht an ihn rankommt. Fast jeden Tag schreiben wir und tauschen uns aus. Ich teile ihm gern meine Erlebnisse mit, auch die sexuellen und frage ihn oft nach seiner Meinung. Besonders fühlt er mit, wenn ich meine Gefühle zu Casanova mit ihm teile, ihm jedes Detail erzähle. Es ist mit Chris eine wunderbare Harmonie und er hat ein Stück meines Herzens erobert. Ich denke viel an ihn und in unseren Gesprächen öffnet er sich immer mehr. Wir vereinbaren, dass wir uns demnächst ganz spontan treffen.

Die Woche vergeht und meine Firma versinkt mit der Arbeit fast im Chaos. Neben dem sind alle Mitglieder unserer Familie mit ihrer Gefühlswelt durcheinander. Das Leben ist für jeden einzelnen auf seine ganz eigene Weise kaputt. Wir halten zusammen, glücklich ist niemand. Die Arbeit macht uns zufrieden, füllt uns aus, gibt uns halt. Sie beflügelt uns und wir erreichen damit ungeahnte Möglichkeiten, schrauben den Umsatz weiter in noch nie erreichte Summen. Es ist der einzige Weg,

sich zu beschäftigen und nicht komplett durchzudrehen. Wir, also meine Kinder und ich, sind die
Firma. Dazu gibt es noch einige Mitarbeiter, die
immer für uns da sind, auch wenn sie nicht wissen,
was passiert ist. Wir alle halten zusammen, das ist
einfach nur der Wahnsinn.

Ich schreibe die Texte, bin also die Redaktion – von
mal zu mal werden sie besser. Ich habe keine Zeit
zum Nachdenken was ich schreibe oder um Dinge zu
recherchieren, die Gedanken fließen einfach so aus
mir raus. Ich unterscheide nicht zwischen wichtig
und unwichtig, zwischen dürfen und nicht dürfen,
zwischen anständig und unanständig. Ich habe
keine echte Zeit, mich auf meine Pressetermine vor-
zubereiten. Ich gehe einfach hin und lass es auf mich
zukommen. Das ist wohl ein guter und für mich
richtiger Weg. Ich bin unvoreingenommen und setze
den Fokus darauf, was die Leute sagen und was ich
sehe. Daraus entstehen Geschichten aus meiner
derzeitigen aufgewühlten Gefühlswelt und die Leute
sind positiv überrascht. Ich irgendwie auch. Wenn
ich Tage später meine eigenen Zeilen lese, frage ich
mich, wie ich das so auf den Punkt schreiben konnte.

Ich fühle mich gut, beflügelt.

Mein Postfach bei der Datingseite quillt mittlerweile über. An die 700 Männer haben sich gemeldet und wollen wohl alle Sex mit mir. Ich sehe mir noch einige an und schreibe noch spontan ein paar der geilen Hengste zurück. Schon eher aus Spaß und gern, weil ich jetzt weiß, wie ich damit umgehen muss. Ich weiß, was ich will und nehme mir das, was ich will. Das ist ein schönes Gefühl der Überlegenheit, es macht mich zufrieden. Heiko, der Kurzschwanz, will es ebenfalls wieder wissen. Ja, warum nicht. Er ist immerhin nett. Wir verabreden uns für den Abend an der selben Stelle. Ich nehme wieder eine kleine Flasche Sekt und zwei Gläser mit. Wir machen es uns am Wasser gemütlich, genießen die leider schon etwas kältere Abendluft und haben einfach eine entspannte Nacht. Wir fummeln etwas rum und er versucht seinen Schwanz in mich zu stecken. Mittlerweile hat er rausgefunden, dass es von hinten gut klappt. So treiben wir es am See, stöhnen vor uns hin und kippen am Ende den Sekt in uns rein. Viel war es ja nicht, in jeder Hinsicht. Zuhause schlafe ich für kurze Zeit ein und bin auf eine gewisse Art befriedigt. Schon deshalb, weil ich merke, wie geil die Männer auf mich sind. Das alleine ist ein prickelndes Gefühl, welches ich weiter ausnutzen werde.

Ich schlafe irgendwie doch ganz gut die Nacht durch und genieße den Morgen mit einer großen Tasse Kaffee im Bett, bis mein Telefon klingelt. Es ist mein Casanova Maik und ich freu mich, dass er anruft. Allerdings, was ich vernehme, ist überhaupt nicht lustig. Ich kann ihm nicht wirklich folgen. Er erzählt etwas wirr, dass er irgendwo in Berlin-Schönefeld vor einem Hotel sitzt, sich eine Menge Drogen reingepumpt hat und nicht weiß, was er tun soll. Er hat keine wirkliche Orientierung und ist völlig neben der Spur. Er hat kein Geld und mit dem Auto kann er ebenfalls nicht fahren. Er bittet mich, ihm zu helfen, jetzt sofort. Ich bin etwas aufgelöst, so was kenne ich nicht und ich weiß nicht wirklich, was ich tun soll. In welchem Zustand ist er? Wieso hat er Drogen genommen? Tut er das immer? Ich hatte bisher mit so etwas nichts zu tun und kann die Situation nur schwer deuten. Warum ruft er gerade mich an? Wir hatten ein paar schöne Sexabenteuer, mehr nicht. Offiziell weiß ich ja noch nicht mal seinen Namen. Überhaupt weiß ich eigentlich nichts über ihn. Warum? Vielleicht weil er auf der dunklen Seite des Lebens steht? Während ich nachdenke, redet er am anderen Ende der Leitung alles Mögliche durcheinander, dem ich nicht folgen kann. Seine Stimme ist ruhig und verzerrt. Er wirkt erschöpft und mir ist nur eins klar, er braucht Hilfe. Jetzt!

Ich sichere ihm zu, dass ich sofort mich ins Auto setze und in einer halben Stunde da bin. Aber was soll ich dann tun? Ich bin etwas unsicher und mache mich nur halb angezogen auf den Weg. Unterwegs überlege ich mir, dass ich ihn in ein Krankenhaus bringen kann. Oder was macht man in so einer Situation, wenn sich jemand dem Drogenkonsum hingegeben hat? Ich rufe während der Fahrt den ärztlichen Bereitschaftsdienst an, der nur unklare Anweisungen gibt. Dann rufe ich Danni an, meine Bekannte die in der Post bei mir in der Nähe arbeitet. Die hat mit solchen Leuten zu tun, da sie sich in ihrer Freizeit um Obdachlose kümmert und gibt mir klare Infos, wie ich vorgehen soll. Erstmal sehen, in welchem Zustand Maik ist und dann entscheiden, ihn eventuell in die Notaufnahme eines Krankenhauses zu bringen oder zu einer der Entgiftungsstellen. Dazu schickt sie mir noch eine Adresse in Berlin.

Völlig neben sich und weit von der realen Welt weg, finde ich ihn vor dem von ihm angegebenen Hotel. Bekleidet mit einer dunklen Kapuzenjacke, die er weit in sein Gesicht gezogen hat, blickt er mich wie ein scheues Reh an und wartet sicher auf eine Reaktion von mir. Ihm ist es sichtlich unangenehm, seine Augen sind verquollen, er friert und zittert, seine Nase blutet und er atmet sehr schwer. Ich könnte nun irgendetwas vorwurfsvolles sagen, aber das steht mir nicht zu. Ich kenne ihn nicht und seine Situation ebenfalls nicht. Gerade ist mir eigentlich nur danach, ihm zu helfen. Einfach da zu sein, ein Gefühl von Sicherheit zu vermitteln. Ihn nicht allein zu lassen. Ich selbst war in letzter Zeit oft in schlimmen Lebenslagen und war froh, wenn einfach jemand da war, ohne zu urteilen und zu fragen. Ich gebe ihm etwas zum Trinken und setze ihn behutsam in mein Auto. Vorsorglich habe ich eine

Decke mit und wickel ihm diese um den Bauch. Er fühlt sich geborgen und scheint dankbar zu sein. Aber was nun? Ich rede mit ihm, stelle ihm leise und mit ruhiger Stimme Fragen nach seinem Zustand. Er kann oder möchte darauf nicht antworten.

Ich biete ihm an, dass ich ihn nach Hause fahre. Er wohnt in Brandenburg im Spreewald, etwa 40 Minuten Fahrzeit. Allerdings sagt er, dass es dort zu Hause bei ihm keinen Strom gibt, da er diesen seit Monaten nicht bezahlt hat und nun abgestellt ist. Was für eine ausweglose Situation.

Ich muss allerdings schnell reagieren. Ihm geht es nicht gut, ihm ist kalt, er zittert und sieht schrecklich mitgenommen aus. Zu mir kann ich ihn nicht mitnehmen, das Haus ist voll, alle Kinder sind da und ständig kommt Besuch. Es wäre eine unzumutbare Situation für alle Seiten. Außerdem weiß ich nach wie vor kaum etwas über ihn, was aber jetzt gerade tatsächlich völlig egal ist. Ich muss handeln, sofort. Kurzerhand rufe ich in dem Hotel an, welches gleich bei mir um die Ecke ist, meinem üblichen Treffpunkt mit meinen Sexpartnern. Dort könnte ich ihn hinbringen und mehrmals am Tag nach ihm sehen, da ich ja nur fünf Minuten entfernt wohne. Ich habe Glück, die haben noch freie Zimmer und ich reserviere eines telefonisch.

Die Fahrt dahin verläuft schweigend. An der Rezeption kläre ich die Formalitäten und buche ein Doppelzimmer für zwei Nächte. Mir ist klar, dass er am nächsten Tag nicht bis zehn Uhr auschecken kann. Maik wartet derweile im Auto, da er nicht möchte, dass man ihn in diesem Zustand sieht. Anschließend bringe ich ihn ohne jemanden anzusehen ins Zimmer, lege ihn sanft ins Bett, decke ihn zu, schalte den Fernseher an und bleibe noch ein wenig, bis ich sehe, dass er sich beruhigt hat.

Dann fahre ich nach Hause und verspreche ihm, bald zurückzukommen. Ich fühle mich durcheinander, kann die Situation nicht deuten, weiß nicht woran ich bin. Tausend Fragen brennen mir auf den Nägeln, aber ich werde keine Stellen und keine Antwort haben wollen. Es geht mich nichts an. Ich bin da, helfe ihm und mehr nicht. Oder Lüge ich mich da selbst an? Empfinde ich mehr für ihn? Ich denke öfter an ihn, als ich mir selbst erlauben sollte.

Während er schläft, mache ich zu Hause meine Sachen für die Arbeit. Es ist hektisch und in mir brodelt es vor Anspannung. Ich kann mich wenig konzentrieren, habe immer das Gefühl, nach ihm sehen zu müssen. Ich weiß innerlich, er schläft und ist gut aufgehoben. Mein Arbeitstempo beschleunigt sich und alles ist heute in der Hälfte der Zeit erledigt.

Ich fahre mit einem aufgeregten und doch etwas mulmigen Gefühl zum Hotel. In welchem Zustand wird er sein? Ist er ansprechbar? Was empfinden diese Menschen in dem Moment, wenn sie die Drogen nehmen. Sind sie glücklich, depressiv, aggressiv oder einfach auf einer Art Höhenflug? Wie lange dauert der jeweilige Zustand an?

Alles Fragen, die ich nicht beantworten kann. Ich hätte mich dazu im Internet etwas informieren können, aber dafür blieb keine Zeit. Ich kenne nur die Bilder aus den Medien, wo diese Personen völlig verwahrlost auf sich selbst gestellt sind. Ist das bei Maik auch so? Eine Idee der Politik ist es ja, Drogen kontrolliert an Betroffenen abzugeben. Kann das funktionieren?

Als ich im Hotel ankomme, bin ich erleichtert. Er schläft noch und sieht so lieb aus. Ich genieße diesen Anblick, möchte ihn spüren. Was fühlt er? Ich würde gern seine Gedanken wissen. Ich ziehe meinen Rock und mein T-Shirt aus, mehr habe ich nicht an und lege mich nackt neben ihn. Ich höre seinen leisen Atem, so wie in den gemeinsamen Nächten in den anderen Hotels. Ich liebe seinen Rhythmus, es gibt mir ein sicheres Gefühl. Ich fühle mich wohl, obwohl die Situation völlig schräg ist. Am liebsten würde ich immer hier so bleiben, neben ihm liegen, sein leises Röcheln in mich aufsaugen. Ruhige Emotionen von Lebendigkeit steigen in mir auf.

Irgendwann wird er wach und fängt zaghaft an, ein wenig seine Geschichte zu erzählen. Ich erfahre, dass er schon lange drogenabhängig ist, bereits vor zehn Jahren schon einen Entzug hatte und nach seiner Meinung nach die Lage aussichtslos ist. Er war eine ganze Zeit lang clean und nun seit zwei Jahren lässt er sich wieder regelmäßig dazu treiben, Kokain zu konsumieren. Er zieht es sich durch die Nase, weshalb diese sehr weh tut, an den Rändern aufgeplatzt ist und ständig dicke Blutfetzen rauskommen. Dann kommen wir noch auf seinen Namen zu sprechen, da ich hier beim Einchecken an der Rezeption seinen Ausweis abgeben musste. Er erwähnt, dass all seine Freunde ihn "Grüni" nennen. Kaum jemand nennt ihn Maik, aber ich bleibe dabei. Dann verstummt er wieder und man merkt ihm an, dass er sich sehr schlecht fühlt. Ich würde gern noch etwas mit ihm sprechen, spüre aber, dass er dazu nicht mehr bereit ist. Immer wieder sagt er, dass er Ruhe braucht und es ihm nicht gut geht. Sein ganzer Körper juckt und er kratzt sich überall auf. Eine kurze heiße Dusche bringt ihm etwas Linderung. Ich creme ihn sanft ein, rede beruhigend auf ihn ein. Mein Kopf ist klar, ich gehe gut damit um. Ich habe die letzten Jahre oft die Nerven behalten müssen. Mit meinem Mann gab es viele Situation, in denen ich gern hätte durchdrehen wollen. Dann wäre es für alle noch schwerer gewesen. So behalte ich ganz sachlich die Kontrolle, was Maik sehr dankend annimmt. Nach einiger Zeit geht es ihm sichtlich besser und er hat sogar Hunger. Ich bestelle unten im Restaurant etwas zum Essen, was er dankend in sich reinschlingt. Während ich ihn dabei beobachte, geht mir viel durch den Kopf. Wo wohnt er eigentlich? Was arbeitet er? Wie lebt er? Es geht mich eigentlich nichts an, allerdings glaube ich nicht an Zufälle. Er hat mich angerufen und um Hilfe gebeten. Warum ausgerechnet mich? War ich die einzige, die gerade ans Telefon ging? Oder hat er das ganz gezielt getan? Oder hat er einfach irgendeine Nummer gedrückt? Das ist die wahrscheinlichste Möglichkeit, da er in seinem Zustand nicht wirklich in der realen Welt war. Und dann war ich am anderen Ende der Leitung dran. Das Schicksal hat also wieder mal zugeschlagen und mich auserwählt. Ich blicke ihn zärtlich an und sehe in seine flehenden Augen. Er sagt, er hat Angst zu ersticken, sein Hals und Kehlkopf drücken und er bekommt schlecht Luft. So bleibe ich und passe auf ihn auf. Die Nacht verbringen wir zusammen, sind füreinander da. Warme Gefühle kommen in mir hoch, ich möchte ihm nah sein. Wir liegen beide nackt unter der Decke und ich halte ihn im Arm. So schläft er irgendwann ein, ich dagegen liege die ganze Nacht wach. Es macht nichts, ich habe ja alle Zeit der Welt und nichts zu verlieren.

Der Morgen bricht an. Wieder ein neuer Tag. Maik geht es besser und wir gehen runter in den fast leeren Frühstückssaal, setzen uns an einen Tisch mit Blick auf den Dämeritzsee. Für mich ist er nach wie vor ein Fremder, mit dem ich allerdings irgendwie eine ungewöhnliche Verbindung eingegangen bin. Niemand von uns redet, es ist etwas bedrückend und wir essen schweigend ein paar Kleinigkeiten vom Frühstücksbuffet so vor uns hin. Die Situation ist beklemmend und er fühlt sich sicher schrecklich. Ich mache einen auf cool und versuche ihm zu vermitteln, dass ich alles im Griff habe. Aber eigentlich habe in keine Ahnung, wie das hier weiter gehen soll.

Klar ist, er kann noch nicht nach Hause und ich verlängere den Aufenthalt im Hotel um weitere drei Tage. Innerlich freu ich mich irgendwie, drei Tage mehr wo er mir gehört. Nur mir. Will ich das? Ja, aus mir schreit es raus, ich will es. Er tut mir gut. Er lenkt mich von meinen eigenen Problemen ab. Er ist so verrückt, genau wie mein Mann.

Die kommenden zwei Tag verbringen wir überwiegend im Bett. Der Fernseher läuft in Dauerschleife.

Wir essen, trinken, ich arbeite an meinem Laptop und Maik geht sogar zweimal in die Sauna. So langsam genießt er die Situation und ich freu mich darüber. Es ist schön zu sehen, wie wohl er sich fühlt. Was muss das für ein Gefühl sein, wenn man immer am Abgrund lebt, nie weiß wo man am nächsten Tag aufwacht? Oder ist es doch nicht so? Er sagte, dass er bei einem Catering arbeitet. Stimmt das überhaupt? Wo schläft er dann eigentlich? Irgendwie hat er ständig eine kleinere Reisetasche sowie Rasier- und Waschzeug bei sich. Er scheint wohl immer gerade da zu übernachten, wo es gerade für ihn einen Platz gibt. Mir gehen seine Gespräche durch den Kopf. Bisher ist mir nicht aufgefallen, dass er lügt. Mittlerweile reden wir über viele Dinge, aber er ist immer verhalten. Lässt sich nicht wirklich in die Karten blicken. Es macht nichts, in habe Geduld und weiß, wenn er soweit ist, wird er auf mich zukommen. Zumindest hoffe ich es.

Der vorletzte Tag im Hotel bricht an. Ich fahre ihn nach Schönefeld zu seinem Auto, also eigentlich ist es das Fahrzeug seiner Mutter, welches er zum Hotel hier bei mir bringen möchte, damit er morgen von hier aus nach Hause starten kann oder wohin auch immer. Vorher will er heute am Nachmittag bei einem Freund vorbei fahren. Wir verabreden uns für den Abend wieder im Hotelzimmer, er will 19 Uhr noch mal in die Sauna und anschließend wollen wir den Abend genießen und etwas essen gehen.

Ich kann es kaum erwarten. Ich gehe Wein kaufen, hole drei Dosen Havanacola und zwei große Tüten Kinderschokobonbons. Er mag diese Art Schokolade sehr. Pünktlich am Abend treffe ich im Hotel ein. An der Rezeption die Dame ist etwas verärgert, da sie extra für Maik die Sauna angeheizt hat, er aber nicht erschienen ist. Ich bin ebenfalls verwundert und versuche ihn per Telefon und Whatsapp zu erreichen. Keine Reaktion. Vielleicht fährt er gerade mit dem Auto und kann nicht rangehen. Ich mache es mir im Zimmer gemütlich, ziehe mein Kleid aus und trinke ein Glas Wein. Die Zeit vergeht, allerdings habe ich von Maik immer noch nichts gehört. So langsam beschleicht mich ein komisches Gefühl. Sollte er sich wieder Drogen organisiert haben? Nach alle dem was gelaufen ist? Wie oft nimmt er die? Wir haben wenig darüber geredet.

Gegen 23 Uhr endlich ein Zeichen von ihm. Er ist bei seinem Freund hängengeblieben und in einer halben Stunde da. So ein Glück. Ich bin erleichtert und freu mich nun doch, ihn gleich zu sehen. Das er länger bei seinem Freund ist, kann ich nicht beeinflussen. Es ist seine Angelegenheit, ich passe nur auf ihn auf. Ein wenig verärgert bin ich trotzdem, schließlich wollten wir uns hier nach 20 Uhr treffen. Wieder vergeht die Zeit und er erscheint einfach nicht. Verdammt, was ist los. Tausend Gedanken gehen mir durch den Kopf. Sitzt er wieder irgendwo auf der Straße und hat die Orientierung verloren?

Ich rufe nochmal an, kucke ob er irgendwie online ist und warte ungeduldig noch zwei weitere Stunden ab. Dann lege ich aus den Schokobonbons ein Herz auf dem Bett aus und schreibe einen Zettel, dass ich gegangen bin. Ich teile ihm nur mit, dass ich ihn gern gespürt hätte. Ich schreibe keine Vorwürfe, es würde sowieso nichts bringen und fahre nach Hause. Dort lege ich mich etwas wütend ins Bett, schlafen kann ich nicht, dazu bin ich zu nervös, mache mir Sorgen. Aller paar Minuten prüfe ich die Nachrichten auf meinem Handy, aber nichts. Gerade als ich doch versuche einzuschlafen, erscheint eine Nachricht von Maik:

> **MAIK schreibt:** War unterwegs ins Hotel und da hat meine beste Freundin angerufen und wollte wissen was los ist und haben uns getroffen bis gerade. Wollte dich nicht warten lassen. Sorry. Tut mir leid. Habe gehofft du kommst noch? Habe aus lauter Frust schon 2 Havanna getrunken und ein Glas Wein. Mich ärgert das jetzt noch mehr. Auch wenn ich selbst schuld bin.

Sofort rufe ich ihn zurück. Er geht gleich ran, mit trauriger Stimme bittet er um Entschuldigung und sagt, er hätte so sehr gehofft, dass ich im Hotel wäre. Er redet über das Schokoherz auf dem Bett, es scheint ihn sehr berührt zu haben. Ja, aber ich bin nicht da, nicht bei ihm. Ich liege in meinem Bett zu Hause und das ist gut so. Man sollte sich von einem Mann nicht so beeinflussen lassen. Ich erst recht nicht. Ich, die coole? Wer mich kennt, weiß, dass ich solche Umstände an mir abprallen lasse. Aber irgendwas treibt mich immer wieder zu Maik hin. So auch jetzt. Noch während ich mit ihm telefoniere, ziehe ich im Flur meine Schuhe an und fahre los, er ist ja nur fünf Minuten von mir entfernt. Er hört es nicht, dass ich im Auto bin, er sagt wie traurig er ist, dass ich nicht da bin.

Kurze Zeit später erlöse ich ihn, öffne leise die Tür des Hotelzimmers und sinke in seine Arme. Er zeigt nervös auf das Bett, wo das Schokoherz liegt. Er wollte extra auf der anderen Bettseite schlafen, um es nicht zu zerstören. Wir schmiegen uns zusammen, spüren unsere nackten Körper. Er will mir alles erklären, ich will es nicht wissen. Wir sind zusammen und ihm geht es gut, nur das zählt. Tränen der Erleichterung laufen mir übers Gesicht, ich bin endlos erschöpft und wiederum unendlich glücklich. Diese Nacht werde ich nie vergessen, sie ist gefüllt von Wärme, Liebe und Zuneigung. Allerdings viel zu schnell vorbei.

Am Morgen verabschieden wir uns, unsere Wege trennen sich. Wo wird seiner hingehen? Er hat es mir nicht gesagt. Ich bin traurig, hätte ewig so mit ihm zusammen sein können. Ich hätte es ihm gern gebeichtet, aber irgendwie sind wir eigentlich doch nur Freunde, die sich vertrauen oder zumindest aufeinander aufpassen. Ich fühle mich unendlich leer, eine komische und doch wieder schöne Zeit ist vorbei. Ich bin wieder allein, das Leben geht so oder so weiter.

Zuhause stürze ich mich in die Arbeit. Ich will nicht nachdenken, das führt zu nichts. Ich wünsche ihm innerlich, dass er alles schafft, sich wieder komplett erholt und in sein altes Leben zurückkehrt. Was ist sein Leben? Ich würde gern für ihn da sein, einfach so, ohne Gegenleistung, einfach aufpassen, ihn auffangen. Gefühle der Sehnsucht brechen über mich rein.

Für den Abend verabrede ich mich mit Heiko dem Kurzschwanz, ich will einfach nicht allein sein. Er wird wieder reden von seinen Erlebnissen als Busfahrer, ich werde wieder Sekt mitbringen und damit sein überflüssiges Gequatsche ertragen. Immerhin bin ich beschäftigt. Und so vergeht auch dieser Abend, ich höre Heiko nicht zu, sondern bin mit meinen Gedanken sehr weit weg, ich bin bei Maik, in seiner schrägen Welt. Wenn man es genau nimmt, sind wir zwei Menschen, die beide abseits der Normalität stehen, jeder intensive Probleme hat und trotzdem tun, was wir wollen und das Leben so mitnehmen, wie es ist. Das verbindet uns, auch wenn er es noch nicht weiß.

Die nächsten Tage sind wieder von Arbeit geprägt und ich vermisse den verrückten Kerl sehr. Seine Energie, seine Ideen und immer auf der Überholspur. Ich denke an ihn, als plötzlich ein Anruf von ihm kommt. Maik erzählt, dass er arbeitet und fragt, ob er sich für abends mein großes Auto, den langen Citroën, ausleihen kann. Dieser hat eine große Ladefläche und er könnte seine Sachen bei einem Freund aus einer Garage in Berlin abholen und bei sich im Spreewald, wo er eigentlich wohnt, abstellen. Mein Herz hüpft. Ich stimme sofort zu.

OSTSEE November 2024

Wir treffen uns in Schönefeld auf einem Parkplatz und reden kurz völlig belangloses über die letzten Tage. Über meine Gefühlswelt verliere ich kein Wort. Er erzählt, dass er gern ein paar Tage Auszeit nehmen würde, am liebsten an der Ostsee, aber dafür muss er erst mal sein Geld von seinem letzten

Job bekommen und sich überhaupt finanziell sortieren, da er permanent Pleite ist. Mir täte eine kleine Abwechslung ebenfalls gut und ich hätte gern ein wenig Abstand vom täglichen Wahnsinn. So verrückt wie wir beide sind, legen wir sofort einstimmig fest, dass wir uns am nächsten Tag um 13 Uhr an der Tankstelle in Wildau treffen und gemeinsam die Ostsee für ein paar Tage unsicher machen. Es ist zwar draußen bereits wie tiefster Winter, der November zeigt sich von seiner kältesten Seite, aber das macht nichts. Ich fahre zurück in Richtung Köpenick und versuche Maik seine Gedanken nachzuvollziehen. Fährt er immer mit irgendwelchen Weibern durch die Gegend oder ist das mit mir eine Ausnahme? Mittlerweile habe ich mitbekommen, dass er sehr spontan ist und wenig über Konsequenzen nachdenkt. Er lässt alles ruhig angehen und sich durch nichts stressen. Er lebt in den Tag hinein und scheint wenig zu planen.

Zu Hause suche ich eilig ein Hotel raus. Es sollte ein Doppelbett haben, direkt am Meer sein und von Berlin aus gut und schnell erreichbar sein. Frühstück, eine Bar und eventuell ein Restaurant wären noch gut. Tatsächlich hat meine Suche sofort Erfolg und ich buche für vier Tage ein Zimmer mit Balkon, welcher sich direkt auf die Ostsee richtet. Ich bin glücklich und die Zeit bis zur Abfahrt vergeht ewig nicht. Erzählen tue ich von meinem Ausflug niemandem etwas. Nicht mal meinen Kindern. Die werden sich wundern, dass ich einfach nicht zu Hause bin. Es ist mein kleines Geheimnis. Zudem bin ich etwas abergläubisch. Wenn ich es vorher groß rumerzähle, dann wird sowieso nichts daraus. Wird Maik überhaupt kommen? Wird er sich an unsere Verabredung halten? Bisher war er immer halbwegs zuverlässig, auch wenn sein Zeitmanagement sehr flexibel zu sein scheint. Ich kann mir bei ihm gut vorstellen, dass wenn wir uns zum Beispiel für 19 Uhr verabreden, er nicht vor 22 Uhr eintrifft. Doch das ist mir egal. Ich bin süchtig nach ihm und dafür lohnt sich das Warten. Mir kommt in den Sinn, wie verrückt das alles ist. Ich fahre einfach so mit einem fremden Mann durch die Gegend, werde mit ihm eine Art Urlaub verbringen. Wir kennen uns nach wie vor nicht wirklich. Wir hatten ein paar Mal Sex, einige schöne Nächte und ich habe ihm aus einer Notsituation geholfen. Mehr nicht. Ich weiß selbst nicht, was ich von mir halten soll. Bin ich völlig übergeschnappt?

Am Morgen meldet sich Maik tatsächlich relativ in der Früh bei mir und bestätigt, dass er pünktlich am verabredeten Parkplatz sein wird und sich freut. Wieder hüpft mein Herz und ich kann die Abfahrt zur Ostsee kaum erwarten. Ich packe ein paar Sachen ein, sammel meine Medikamente zusammen und starte den Landrover. Unterwegs kaufe ich noch einige Dosen Havanacola, da ich mittlerweile mitbekommen habe, dass dies sein Lieblingsgetränk ist, welches er tatsächlich ständig bei sich hat. Das Navi zeigt, dass ich pünktlich am Treffpunkt ankommen werde. Noch weiß Maik nicht, wo ich wohne und das soll so bleiben. Wird er kommen oder werde ich da sinnlos meine Zeit verschwenden? Warum bin ich so unsicher? Er hat mir mehrmals gezeigt, dass er es irgendwie schon ernst mit mir meint. Oder besser gesagt, dass er weiß, dass er auf mich zählen kann und das ich für ihn eine Art Stabilität bedeute. Irgendwie mögen wir uns einfach. Sicher nicht auf eine Art der großen Liebe, aber auf eine Art schöner Freundschaft, was mir viel wichtiger ist. Trotzdem frage ich mich, was mit mir los ist, mich mit einem Drogenabhängigen einzulassen und mit ihm gerade mein Leben, oder zumindest einige Tage, zu teilen. Was weiß ich von ihm? Nichts. Was will ich von ihm? Nichts. Oder doch? Er ist undurchsichtig und verdammt sexy, was mich sehr reizt. Habe ich den Verstand verloren? Das kann nicht gut ausgehen.

Die Fahrt zum Treffpunkt nach Wildau bin ich nervös, meine Wangen glühen, ich habe das Gefühl, mein Puls gibt alles. Maik hat sich nicht mehr gemeldet. Muss er auch nicht. Wir haben es ja klar vereinbart. Mein Herz sagt, ja er wird da sein. Mein Gewissen zweifelt noch. Was wird gewinnen? Mein Herz. Er ist da, ich sehe schon von Weiten meinen Citroën auf dem Parkplatz stehen. Maik steht daneben und sieht zum Anbeißen gut aus. Er hat ein legeres, weiß blau gestreiftes Hemd an und wirkt darin unheimlich anziehend. Wir verlieren keine Zeit, eine kurze Umarmung, ein dicker Kuss und schon sitzt er neben mir im Auto und ich starte in Richtung Meer. Maik macht es sich gemütlich, zieht seine Schuhe aus, legt die Füße hoch aufs Armaturenbrett und lässt sich die Havanacola

schmecken. An seinem Handy spielt er seine Lieblingsmusik von den "Die Gebrüder Brett" ab und
redet über seine Welt, seine Freunde, seine Arbeit
und immer wieder über seine Familie. Seine Mama
liegt ihm sehr am Herzen. Die wohnt seit einiger
Zeit in einem betreuten Wohnen, da sie leicht De-
ment ist. Er ruft sie jeden Tag mindestens zwei Mal
an, kümmert sich um sie. Geht oft zu ihr hin und
bringt ihr Essen oder macht mit ihr einen kleinen
Ausflug. Die beiden haben eine schöne Harmonie
und es ist gut zu sehen, wie wichtig ihm das ist.
Immer wieder betont er, dass er ein absoluter Fami-
lienmensch ist, dafür alles gibt und um jeden Preis
verteidigt. Daran sehe ich, dass er ein großes Herz
mit viel Liebe hat und weiß, was und wer ihm wichtig ist. Ich erfahre, dass er lange Zeit bei sich zu
Hause in einem Verein Fußball gespielt hat und
richtig gut war. Sein Körperbau gibt es in jedem Fall
her. Seine muskulösen Beine sind besonders auffallend und er hat die Intelligenz, eine Situation
schnell zu erfassen und darauf zu reagieren,
was beim Fußball in jedem Fall von Vorteil ist. Aus
ihm hätte laut seiner Aussage ein richtiger Profi

werden können. Er war sozusagen der "Tango" unter den Spielern und ist natürlich absoluter Unionfan, wozu er gern mal ins Stadion geht. Sein Trikot als Spieler trug die Nummer 13, was seitdem seine Lieblingszahl ist. Ich sage nichts dazu, bin aber überrascht, da es auch meine Lieblingszahl ist. Immerhin bin ich an einem 13. geboren.

Die Fahrt in Richtung Ostsee verläuft entspannt, Maik weiß nicht, wo wir übernachten werden. Er möchte es als Überraschung haben. Ich hoffe nur, dass es keine Enttäuschung wird. Ich habe unsere Unterkunft einfach im Internet gesucht und gebucht. Keine Ahnung, es nennt sich "kleines Strandhotel". Ich hoffe, es ist nicht so eine winzige gammlige Absteige. Wenn doch, dann suchen wir vor Ort etwas anderes. Also fahre ich zügig weiter und bin selbst gespannt, wo es uns hintreiben wird. Das Navi zeigt, dass wir so ankommen werden, um noch bei Helligkeit ans Meer zu gehen. Maik freut sich sehr und um so näher wir kommen, um so aufregender wird es. Endlich sind wir da und biegen in die angezeigte Straße ein. Was uns da erwartet, verschlägt mir fast die Sprache. Vor uns erstreckt sich ein mondänes mehretagiges Hotel im typischen Bäderstil. In schönen Farben und mit einladenden Balkonen aus hellem Holz blickt es uns entgegen. Wenn es drinnen genauso aussieht, dann wäre das wirklich der absolute Glückstreffer und wir werden vier fantastische Tage hier verbringen. Beim Betreten des Eingangsbereiches werden wir nicht enttäuscht. Dieser strahlt noch mehr Glanz aus als die Außenfassade und ich weiß gar nicht, was ich sagen soll. Sofort empfängt uns ein netter Mann an der Rezeption, der uns gern alle Einzelheiten erklären möchte. Er informiert uns, wann es Frühstück und Abendessen gibt. Ich bin verwundert, aber es klärt sich auf, dass ich beides mit gebucht habe. Weiter kommt der arme Mann nicht, denn Maik wirkt seinen Redeschwall ab, schließlich wollen wir noch schnell ans Meer. Wir stürmen unser Zimmer, betreten kurz den Balkon und sind fasziniert. Der Blick direkt auf die stürmische Ostsee lässt uns sofort in den Wohlfühlmodus fallen und der Gang ans Meer ist gestrichen.

Wir köpfen die Flasche Wein, die wir vom Hotel als Gastgeschenk erhalten haben, räumen die Sessel aus dem Zimmer auf den Balkon und machen es uns mit zwei dicken Decken bei fünf Grad Außentemperatur gemütlich. Der Wind pfeift, das Meer ist von hohen Wellen geprägt, aber mir ist alles egal. Ich bin hier, mit Maik und von mir aus kann nun die Welt untergehen. Ich bin einfach nur glücklich. Ich habe ihn nur für mich, was für ein Traum. Ich werde jede Sekunde genießen, ihn in mich aufsaugen und seine Wärme und Stärke spüren. Was für ein Leben. Dabei ist er nach wie vor eigentlich ein Mann, der für mich von vielen Geheimnissen umgeben ist. Was verbindet uns so sehr? Unsere Art, wir selbst zu sein? Uns nicht zu verstellen? Unsere Leidenschaft für ein Leben immer mit dem gewissen Kick? Was ist es? Es ist tief und intensiv, aber es ist keine Liebe im klassischen Sinn. Es ist etwas Einzigartiges, was man festhalten sollte, wenn es geht. Dazu müssen beide Seiten bereit sein. Ich bin es. Gedanken, ob wir überhaupt mehrere Tage so eng zusammen auskommen, habe ich nicht. Wir sind zwei Freude, die zusammen hier sind. Wir haben keinen Anspruch aufeinander. Ich nicht an ihn und er nicht an mich. Wir sind einfach da, einfach zusammen und die Zeit,

Miteinander zu verbringen ist, was zählt. Und was ist mit seinen Drogen? Hat er welche dabei? Wir haben seit dem letzten Vorfall nicht mehr darüber geredet und ich will es auch nicht.

Der Wein ist köstlich und die Flasche mittlerweile leer. Da wir mit Abendessen gebucht haben, machen wir uns auf den Weg ins Restaurant, was sich im Erdgeschoss des Hotels befindet. Es ist sehr schick und gehoben gehalten, das Publikum ist längst dem Rentenalter entwichen. Maik hat noch immer seine Hose an, die mehr Löcher als Stoff hat. Überhaupt ist er immer sehr auffallend gekleidet. Er trägt gern Hemden, die oberen drei Knöpfe sind geöffnet, damit man sein Tattoo an der Brust erahnen kann. Er sieht immer gelassen aus und es fühlt sich gut an, mit ihm unterwegs zu sein. Er ist der starke Mann an meiner Seite, der grundsätzlich seine Meinung sagt und auch mal laut werden kann.

Beim Betreten des Gastraumes werden misstrauische Blicke auf uns geworfen, wie so oft schon. Man sieht den Leuten an, dass sie sich über uns als ungleiches Paar wundern. Maik nimmt die Blicke einer älteren Dame sofort zur Kenntnis, die argwöhnisch seine luftige Hose begutachtet. Sofort wird diese von Maik umgehend zurecht gewiesen. Er stellt sie zur Rede, ob sie ein Problem habe und ob er mal zu ihr rüber kommen soll. Mich amüsiert es, ich liebe seine Art. Direkt und wie ein "typischer" Mann, der damit sein Stärke zeigen muss. Er würde mich gegen alles verteidigen, sich sogar für mich prügeln. Warum mag ich das? Eigentlich sollte ich diese Gewalt ablehnen, aber bei ihm hat es was. Es würde mir fehlen, wenn er plötzlich brav wäre.

Das Essen ist wunderbar, auch wenn Maik spezielle Sonderwünsche hat. Es gibt Pilzsuppe, die ihm gut schmeckt. Anschließend wird ein Schweinebraten mit Beilage serviert. Das ist nicht nach seinem Geschmack und so bestellt er diesen nur mit Soße, die Beilagen sollen weggelassen werden. Das Personal macht brav, was er verlangt. Und nicht nur das. Als Nachtisch wünscht er sich drei Klöße mit Soße. Das wird ebenfalls ohne Widerrede serviert.

Maik hat eine Art an sich, mit der er Menschen einnehmen kann. So wie mich auch. Leider weiß er es nicht. Er könnte diese Gabe sinnvoll für sich nutzen. Zudem sieht er gut aus, was er auch weiß und ist geschickt im Umgang mit seinem Körper. Nach dem Abendessen setzen wir uns wieder bei Eiseskälte auf den Balkon und verbringen die restliche Nacht bei Wein, Havanacola und super guter Laune im Freien unterm Sternenhimmel. Maik redet über seine Familie, seine Freunde und über seine Heldentaten. Er hat wohl schon ziemlich viel Mist gebaut und ich höre ihm gern zu. Es tut gut, etwas aus seinem Leben zu erfahren. Er redet viel von Partys, immer wieder von unterschiedlichen Frauen, mit denen er tollen Sex hatte, Nutten in billigen Absteigen waren ebenfalls dabei, und er berichtet von vielen Auseinandersetzungen unter seinen Freunden oder Feinden. Er scheint beliebt zu sein und teilt hier während unseres Aufenthaltes allen möglichen Bekannten mit, dass er an der Ostsee in einem schicken Hotel ist. Bei seinem Freundeskreis scheint die Verwunderung groß zu sein, schließlich ist er wohl bei allen als der Typ bekannt, der kein Geld hat und sich damit wohl kaum in einem Hotel an der Ostsee niederlassen kann. Von mir erzählt er nichts, was gut ist, da ich es nicht möchte. Ich höre ihm gern weiter zu, dazwischen spielt er immer wieder an seinem Handy, schickt Fotos und Nachrichten rum und in der Ferne blinkt ein Leuchtturm. Und ich kann es kaum glauben, Maik hat sogar eine romantische Ader. Plötzlich schaltet er am Handy das Lied Leuchtturm von Nena an und gemeinsam blicken wir aufs Meer, hören laut die Musik und sitzen ganz eng nebeneinander eingekuschelt unter unserer Decke. Irgendwann ertönt aus dem Nachbarzimmer der Kommentar, ob es nicht etwas leiser ginge. Wir beide lachen amüsiert und sind uns einig, dass es nicht leiser geht. Nena kann man nur laut hören. Ich bin glücklich. Die Nacht liegen wir ganz dicht zusammen und ich kann wieder seinen Atem vernehmen. Er ist nervös, steht ständig auf, geht dreimal duschen, kratzt sich immer wieder am Hals und im Gesicht. Dann komme ich ins Spiel. Er fragt, ob ich ihn etwas an Brust und Rücken krabbeln kann. So vergeht eine lange Zeit, in der ich mit meinen Fingernägeln ihn überall streichel und ihm etwas Entspannung verschaffe. Besonders mag er es unterm Kinn, dann macht er seinen Kopf ganz nach hinten und genießt meine Streicheleinheiten. Ich empfinde es ebenfalls als schön und könnte das ewig fortsetzen, obwohl ich verdammt müde bin. Aber das ist egal. Sein Körper fühlt sich stark an, er ist warm und weich, ihn zu berühren erfüllt mich mit Glück. Zeit ist nur einmal da, diese zu verschlafen wäre schade. Und so spüre ich so gern seine Unruhe, ich weiß er ist da, alles andere zählt nicht. Seine Drogen sind in den Hintergrund gerückt. Ich bin wahrscheinlich ein kleiner Halt für ihn, es gibt gerade keinen Grund dafür, an den Stoff zu denken. Ich weiß, ich werde immer für ihn da sein, auch wenn es zwischen uns nur eine Freundschaft plus bleibt, wie er es nennt.

Mit Chris habe ich die ganze Zeit immer wieder Kontakt. Er ist sozusagen meine beste Freundin geworden. Mit ihm teile ich alles, meine Gefühle, meine Ideen und meinen Unfug. Er ebenfalls mit mir. Wir sagen und schreiben uns alles. Wenn er nachts einsam ist und sich wieder mal selbst befriedigt, erzählt er es mir. Er wundert sich, dass Maik das toleriert. Aber Maik weiß davon nichts. Warum auch, ich habe mein eigenes Leben. Chris liebe ich ebenfalls. Er ist so einfühlsam, so ungewöhnlich. Sexuell sind wir genau auf einer Wellenlänge. Leider ist er mit sich überfordert, ist ständig neben der Spur, hat wenig unter Kontrolle. Will alles und nichts. Wir haben eine wunderbare Freundschaft, wo Sex an hinterster Stelle steht. Füreinander da sein ist das Motto zwischen uns. Bedingungslos.

Sein Laden, wie er seine Kneipe nennt, hat 24 Stunden geöffnet. Dort hat er ständig Probleme. Vor allem die Araber machen ihm das Leben schwer, machen Stress, zetteln bewusst Ärger an und sicher sind da Drogen mit im Spiel. Ich habe ihm finanziell etwas geholfen und nun hoffe ich, dass er den Rest selbst hinbekommt. Ich bin für ihn da, das habe ich ihm versprochen. So gibt es also einige Männer, einige Baustellen und vor allem eine sehr chaotische Gefühlswelt, die ich ständig neu ordnen muss.

Da ist noch mein Mann, die Trauer um ihn und die Liebe die ich tief spüre. Seine Energie die mich nach wie vor trägt und mich überhaupt Leben lässt. Die es ermöglicht, in allem einen Sinn zu sehen. Ich bin frei wie ein Vogel, genieße diese Situation. Sie macht so schwerelos, lässt einen Übersinnliches machen und spornt zu Höchstleistungen an. Auch wenn er nicht mehr da ist, hat er wirklich alles getan, dass ich jetzt das bin, was ich bin. Und für andere in jedem Fall eine gute Motivation.

Der Morgen weckt uns mit Sonne und einem schönen kalten Wind und wir schaffen es tatsächlich aufzustehen und das Frühstücksbuffet zu stürmen. Ich fühle mich großartig. Meine Laune ist leicht und verliebt. Verliebt in das Leben, in die Zeit und vielleicht ein wenig in Maik. Obwohl nach wie vor "nur" die Freundschaft im Vordergrund steht. Nach dem Frühstück fährt Maik kurz in die Apotheke um für seine Koksnase etwas Salbe und Tropfen zu kaufen, da diese immer wieder blutet und sehr weh tut. Auch sonst geht es ihm nicht immer wirklich gut. Der Drogenkonsum hat seinen Körper ziemlich geschädigt, was sich immer wieder an den unterschiedlichsten Stellen zeigt. Mal tun die Ohren weh, er bekommt ganz plötzlich fürchterlichen Ausschlag, hat oft Schmerzen im Bauch oder ihm ist extrem schwindlig. Herzstechen plagt ihn ebenso und er erzählt, dass er teilweise Blut im Stuhl hat. Das ängstigt mich sehr, da dies nicht unbedingt gut ist. Seine jeweiligen Beschwerden beichtet er mir immer gleich und gemeinsam versuchen wir diese etwas zu lindern. Er hat verschiedene Medikamente bei sich, aber ein Cocktail oder ein paar Jägermeister lassen ihn schnell seine Schmerzen vergessen.

Auf dem Rückweg von der Apotheke hält er im Supermarkt und versorgt uns noch mit Wein und sechs kleinen Flaschen Küstennebel, dem typischen Schnaps des Nordens. Anschließend packen wir eine Flasche Weißwein, zwei Pappbecher, den Küstennebel sowie eine Kuscheldecke ein und machen uns bei fünf Grad Lufttemperatur auf zum Strand, als ob es Hochsommer wäre. Es sind für Mitte November viele Leute unterwegs und wir machen es uns direkt am Meer in der Sonne gemütlich. So echt romantisch ist es nicht, es ist verdammt kalt, aber es ist uns egal. Wir trinken den Wein, beobachten die Wellen und sind amüsiert, dass sich die Möwen mit uns beschäftigen wollen. Immer wieder fliegen sie unsere Decke an und hoffen, dass wir etwas Essbares rausrücken. Ich laufe fröhlich barfuß zum Wasser, tauche meine Füße in die eiskalte Ostsee ein und sammel einige Muscheln auf. Maik beobachtet mich amüsiert und man sieht ihm an, dass er meine Verrücktheit liebt.

Die Zeit vergeht so schnell und dann geht es schon zurück ins Hotel. Maik macht sich auf in die Sauna und ich erledige einige Sachen am Laptop für den Verlag. Ich korrigiere Texte, sehe Artikel durch und beantworte einige E-Mails. Ich informiere die wichtigsten Leute, dass ich für ein paar Tage an der Ostsee bin. Große Verwunderung über meinen Ausflug macht sich breit. Noch mehr fragt man sich sicher, mit wem ich unterwegs bin. Ich sehe richtig vor mir, wie der Buschfunk ins Glühen gerät, die Telefone heiß laufen und die Gerüchteküche brodelt. Ich genieße es sehr. Ich fühle mich verdammt gut und nur das zählt.

Am späteren Nachmittag mache ich mich auf in den Eingangsbereich des Hotels, wo ein netter, gut aussehender Kellner mit dunklen kleinen Locken aus Tunesien mich sofort mit meinem Vornamen begrüßt. Ein reizvolles Gespräch entsteht und er signalisiert ganz klar, dass er mich sehr ansprechend und äußerst anziehend findet. Ich flirte etwas zurück und genieße es. Sehr sogar. Er ist anders, charmant und sehr intensiv. Seine Anmache ist direkt und unbekümmert. Gegen einen kleinen erotischen

Ausrutscher hätte ich bei ihm nichts dagegen und provoziere die Situation mit einigen direkten Andeutungen. Maik kommt dazu und signalisiert, dass ihm das nicht wirklich passt. Trotzdem verläuft der Abend schön, es fließen noch eine Menge Cocktails. Wir lassen die Rechnung auf unser Zimmer setzen. Der Tunesier überreicht mir dazu den Beleg und deutet etwas an, ohne das es Maik merkt. Auf der Rückseite steht: ruf mich an. Dazu hat er seinen Namen und seine Telefonnummer notiert. Fragend blicke ich in seine Augen. Beim Verlassen der Bar haucht er mir ins Ohr, das er mich nach Dienstschluss um 23 Uhr hier treffen möchte. Ich bin sehr über diese direkte Aufforderung verblüfft. Nun ist nur noch die Frage, wie ich das hinbekommen kann. Maik würde sich wundern, wenn ich nachts den Raum verlasse.

Oben in unserem Zimmer machen wir es uns mit einer Kuscheldecke vor dem Fernseher gemütlich, wieder läuft dort irgendwas Unwichtiges und wir lassen uns den Wein und die Rumcola schmecken. Wir genießen die Zweisamkeit, die Vertrautheit. Nach einer ganzen Zeit fällt Maik plötzlich ein, dass er noch Hunger hat, also eigentlich wie immer. Allerdings ist das Restaurant seit einer halben Stunde zu, denn es schließt um 22 Uhr. Ich schlage trotzdem vor, mal an die Rezeption zu gehen. Vielleicht gibt es noch etwas Kuchen. Zumindest weiß ich, dass es da für mich noch etwas zum Vernaschen gibt. Der Lift bringt mich ins Erdgeschoss, wo ich gleich dem Tunesier begegne. Der zieht mich kurz hinter eine Ecke des verdunkelten Restaurants und greift durch meinen Rockbund mit seiner Hand zwischen meine Beine. Ich fasse ihn ebenfalls an seine Hose und ertaste einen schönen festen Schwanz. Sofort will ich ihn spüren, aber leider ist noch zu viel Personal im Haus. Wir verabreden uns für später. Also frage ich ihn nach dem Kuchen und tatsächlich hat er noch vier Stück übrig. Diese bringe ich Maik glücklich ins Zimmer. Wir genießen wie immer nackt den Abend und lassen uns von der Zeitlosigkeit treiben. Meine Gedanken schweifen ab und ich bin mir gar nicht mehr sicher, ob ich den Sex mit anderen Männer derzeit haben möchte. Neben mir sitzt ein wirklicher toller Typ, sein Vertrauen sollte ich nicht missbrauchen. So streiche ich das Rendezvous mit dem Kellner und genehmige mir einen weiteren Schluck Wein, schließe kurz meine Augen und weiß, meine Entscheidung ist richtig.

Mit Maik ist alles so einfach. Alles geht, nichts ist ein Problem. Er liebt diese Verrücktheit genau wie ich. Die Tage vergehen, die Cocktails strömen und wir hängen einen weiteren Tag am Meer dran.

Am letzten Abend ist Maik wieder mal ganz Maik. Wir wollen in ein Casino gehen, was im Ort ausgeschildert ist und dort für hundert Euro unser Glück versuchen. Allerdings finden wir das Casino nicht und kehren in eine einheimische Kneipe ein, um danach zu fragen. Dort weiß man es nicht so genau, nur das wir dort nicht hingehen sollen, da es eh nur voll von Kanaken wäre. Maik erzählt sofort allen die dort sitzen, dass wir nur hundert Euro zum Spaß im Casino unterbringen wollen. Ein älterer Herr, der gemütlich bei einem Bier sitzt, hat sofort eine passende Antwort und sagt eher ironisch, dass das Geld hier in der Kneipe besser angelegt sei. Sofort zeigt Maik wieder seinen Charme und lädt alle Gäste zu einer Runde Freischnaps ein. In kürzester Zeit haben wir plötzlich viele neue Freunde. Der

Abend vergeht wie im Flug und ich bin mit dem durchgeknallten Typen einfach nur glücklich. Unsere letzte Nacht ist angebrochen.

Am Morgen geht es wieder zurück nach Berlin und ich bin unendlich traurig. Vorher waschen wir die kleinen Schnapsflaschen Küstennebel aus, die mittlerweile leer sind. Jeder bekommt drei Stück und gemeinsam beschließen wir, darin eine Botschaft zu hinterlassen und diese als Flaschenpost ins Meer zu werfen. Wir haben beide Spaß daran und Maik schreibt natürlich heimlich auf der Toilette tatsächlich drei kleine Botschaften und wickelt diese liebevoll ein, um sie in seine leeren Schnapsflaschen zu stecken. Gern wüsste ich, was er sich gewünscht hat. Anschließend laufen wir bei sehr kaltem, stürmischem Wind runter bis zum Ende der Seebrücke und werfen die Flaschen mit viel Schwung und guter Laune in die Wellen.

Danach packen wir gedankenversunken unsere Sachen zusammen und machen uns auf den Rückweg nach Berlin, Maik wird zu sich nach Hause fahren. Ich weiß, jetzt ist jeder wieder für sich allein und irgendwie fühle ich, dass ich gern mit ihm zusammen bin. Unterwegs fängt es an zu schneien, was meine Laune noch mehr trübt.

In Berlin angekommen, fahre ich ihn zu seinem Auto, also was eigentlich mein Auto ist. Dort entscheide ich, dass er ab jetzt den Landrover fahren kann, ich behalte den Citroën. Der Landrover steht sowieso nur rum und ich bin froh, wenn er benutzt wird. Dazu ist schließlich ein Auto da. Außerdem gibt es mir ein gutes Gefühl, mit Maik etwas zu teilen, zumindest sind wir auf irgendeine Art verbunden. Irgendwie! Wir packen unsere Sachen um und dann geht jeder seine Wege.

Ich fahre langsam in Richtung Heimat, der viele Verkehr nervt mich, Tränen laufen mir über das Gesicht. Traurigkeit breitet sich aus. Schon nach zehn Minuten vermisse ich ihn. Was ist das nur? Ich liebe ihn doch gar nicht. Es ist etwas anderes, etwas magisches. Am liebsten würde ich umdrehen und ihn festhalten. Aber solche Sachen mag er nicht wirklich. Er ist sehr oft emotional und richtige Nähe macht ihm Angst. Auf eine gewisse Art ist er sehr verletzlich, möchte nicht zu viel von sich rauslassen. Ich weiß nicht, woran das liegt. Ich lasse es auf mich zukommen. Im Radio läuft wieder laut Musik, Musik die mich an ihn erinnert, Musik die wir gemeinsam laut gehört haben, darüber diskutiert und manchmal dazu mitgesungen haben. Ich ertrage es gerade nicht, schalte das Radio ab und genieße den Klang der Stille.

Die nächsten Tage ist wieder Arbeit ohne Ende. Auf mich prasseln viele Fragen ein. Jeder will wissen, wo ich war, mit wem ich war. Ich antworte wenig, mir ist nicht danach. Ich vermisse Maik, mein Herz hat ihn für sich erobert, ohne das ich es wollte. Er meldet sich öfters am Tag und erzählt ein paar Kleinigkeiten von sich. Er bedankt sich ständig für alles, vor allem wenn ich irgendwo etwas bezahle. Dabei weiß ich mit meinem Geld sowieso nichts anzufangen. Es mit ihm zu teilen, erfüllt mich mit Freude.

Inzwischen meldet er sich jeden Abend, um mir gute Nacht zu wünschen. Meist ruft er dazu an und beginnt das Gespräch mit einem lauten "Hola", was aus dem Spanischen kommt und er bewusst so betont. Ich vernehme seine Stimme und kann gut einschätzen, in welcher Gefühlslage er sich befindet.

Mittlerweile warte ich schon auf dieses Zeichen von ihm, was in mir eine Glücksstimmung hervorruft.

Heute war wieder so viel Arbeit und ich bin extrem müde. Ich warte noch, bis sich Maik mit seinem Gute-Nacht-Gruß meldet und dann werde ich schlafen gehen. Nur scheine ich wohl vergeblich zu warten, denn er meldet sich nicht und ist auch nicht online. Nach Mitternacht schalte ich das Telefon aus, weil ich heute einfach mal ohne Störung die Nacht verbringen möchte. Ich verfalle in einen kurzen tiefen Schlaf und wache gegen fünf Uhr früh auf. Mein Blick aufs Telefon lässt mich erschrecken. Etwa dreißig Anrufe und einige Sprachnachrichten von Maik blinken auf meinem Handy auf. Ich höre sofort alles ab und zitter am ganzen Körper. Er ist wieder in Schönefeld und hat sich, wie er es nennt, zugeballert. Er hat wieder keinen Ausweg, kein Geld und ist nicht in der Lage mit dem Auto zu fahren. Ich rufe ihn an, beruhige ihn und mache klar, dass ich in einer halben Stunde da bin. Ich ziehe mir irgendwas an, ist ja egal wie ich aussehe und sitze einige Minuten später im Auto. Sauer bin ich nicht, ich bin eher erleichtert, dass er sich bei mir gemeldet hat. Es ist eine Art Vertrauen, was gut tut. Aber was soll ich mit ihm machen?

Noch während der Fahrt buche ihn ein Zimmer in Schöneiche für einige Tage in dem Hotel, wo wir uns das erste Mal getroffen haben. Es ist eine gute Lösung, da er sich dort auskurieren kann und er nicht weit von mir entfernt ist. Dort kann er bleiben, bis er wieder fit ist. Das Hotel ist nicht zu teuer und er hat dort seine Ruhe. Bei meiner Ankunft in Schönefeld ist Maik in einem schlimmen Zustand und ich bin am Überlegen, ihn doch in eine Notaufnahme zu bringen. Behutsam setze ich ihn ins Auto, kuscheln in wieder in eine Decke und fahre zügig zurück. Ich versuche sanft mit ihm zu reden. Er scheint mit sich selbst verzweifelt zu sein. Wie ein Haufen Elend sitzt er auf dem Beifahrersitz und ihm ist irgendwie alles egal. Ich weiß nicht wirklich, wie ich mich verhalten soll und was der nächste richtige Schritt ist. Er kommt mir fremd vor, wie aus einer anderen Welt. Gern würde ich ihn in den Arm nehmen und sagen, dass alles gut wird. Eigentlich sollte ich ihm Vorwürfe machen, aber das ist weder meine Aufgabe noch bringt es derzeit etwas.

Im Hotel legt er sich sofort aufs Bett, ihm ist sehr schwindlig, er hat Angst umzukippen. Deshalb signalisiert er, dass ich dableiben soll und wir verbringen die Nacht gemeinsam, die wie von ihm gewohnt erst gegen Mittag endet. Kurzerhand entschließe ich mich, meinen Wohnsitz für einige Zeit hierher ins Hotel zu verlagern. Ich werfe mein derzeitiges Leben über Bord und lasse es einfach zu. Zuhause ist sowieso mein Sohn, der sich um meine Hunde, Katzen und die beiden Papageien kümmern kann. Meine Texte und Kundengespräche kann ich genauso gut von hier aus machen. Es spricht also nichts dagegen. Am Nachmittag fahre ich nach Hause, hole einige Kleidungsstücke und ziehe sozusagen bei Maik ein. Es beginnt eine Zeit, deren Ausgang völlig ungewiss ist und auf die ich mich freue. Unser Umgang miteinander ist sehr ungezwungen. Maik und ich verbringen die meiste Zeit nackt miteinander. Wir essen nackt, wir kucken nackt Fernsehen und wir bewegen uns damit ganz zwanglos. Maik verbringt viel Zeit im Bad unter der Dusche oder auf Toilette. Dabei lässt er laut am Handy Musik laufen oder kuckt sich lustige Videos an. Immer wieder kann man sein Lachen vernehmen und manchmal ruft er mir durch die halb offene Toilettentür einen Kommentar zu. Es tut gut, wenn er glücklich ist. Es fühlt sich alles vertraut an. Die ersten Tag im Hotel vergehen und er genießt die Geborgenheit. Ich spüre, wie sein Vertrauen zu mir wächst und wir fangen Gespräche an, die bis in seine innere Seele gehen. Er vertraut mir seinen Ärger mit seinem Bruder an, der wohl recht gewalttätig sein soll und es zwischen den beiden oft zu Streit kommt. Er erzählt, dass sie gemeinsam ihrer eigenen Mutter viel Geld vom Sozialamt unterschlagen haben, was nun bald Konsequenzen haben wird. Es soll eine Strafanzeige gegen Maik gestellt werden. Immer mehr Sachen aus seinem verpfuschten Leben tauchen auf. Er hatte bereits einige feste Beziehungen, die alle schief gingen. Nun hat er davon die Schnauze voll und möchte lieber allein leben. Somit ist niemand da, der ihn aus seinen vielen Notlagen raus hilft. Das Ende ist immer wieder der Griff zur Droge, was ihn wohl beruhigt, allerdings auf längere Sicht seine Gesundheit gefährdet und eventuell noch tiefer in den Sumpf treibt.

Zumindest hat er selbst das Problem erkannt und gemeinsam fassen wir den Entschluss, ihn zu einer Entgiftung einzuweisen. Die Suche nach einem Platz beginnt. Wir rufen verschiedene Stellen an und lassen Maik auf Wartelisten setzen, wo es Chancen gibt, dass er in zwei oder drei Wochen dran ist. Endlich ein Hoffnungsschimmer. Bis dahin bin ich für ihn da und so lange bleibe ich hier im Hotel und er natürlich auch. Wo sollte er auch hin? Wir beginnen sozusagen ein gemeinsames Leben, sind trotzdem "nur" Freunde. Danach muss er seinen eigenen Weg finden und ich in mein Leben wieder zurückkehren. Ich mag ihn sehr, er ist mir ans Herz gewachsen, aber ich bin nicht bereit, dass es mehr wird, dazu ist es bei mir noch zu zeitig und von seiner Seite ist es ebenso.

Zudem ist er noch sechzehn Jahre jünger als ich. Ein merkwürdiger Zufall, denn mein Mann war sechzehn Jahre älter als ich. Auf eine gewisse Weise liebe ich Maik, er ist mein zweites Ich, meine innere Stimme. Er fühlt, wenn es mir nicht gut geht, geht auf mich ein.

Nach ein paar Tagen im Hotel geht es ihm besser, und er wagt den Schritt zurück in den Alltag. Viele Freunde haben sich bei ihm gemeldet und gefragt, wo er steckt, was er nur mit Ausreden beantwortet. Sie glauben alle, dass er in Berlin arbeitet. Er fühlt sich wieder halbwegs gut und fängt an, Erledigungen zu machen, fährt zu Freunden und freut sich jeden Abend auf mich. Wir treffen uns immer wieder im Hotel, er bringt Essen mit oder wir gehen in ein Restaurant und lassen es uns dort gut gehen. Da wir keinen Kühlschrank haben, haben wir vor dem Fenster auf dem Fensterbrett unsere Bar aufgebaut, in der es immer kühle Getränke gibt, schließlich haben wir Winter. Wenn man vor dem Haus steht, ergibt das von unten ein lustiges Bild. Die Nächte sind lang und von viel Alkohol geprägt. Ich halte alles gut durch und fühle mich fantastisch.

Eines Abends, als ich von einem Termin zurückkomme, betrete ich unser Hotelzimmer und werfe meine Schuhe wie gewohnt in die Ecke hinter der Tür. Dabei fällt mir plötzlich auf, dass ich den ganzen Tag mit zwei verschiedenen Schuhen unterwegs war, einem blauen und einem lilanen. Es amüsiert mich. Die Leute müssen gedachte haben, ich habe nicht alle Tassen im Schrank. Ich selbst muss herzlich darüber lachen und Maik meint, dass es für mich typisch ist. Ich blicke mich im Raum um und sehe, dass er als Überraschung ein liebevolles Abendessen vorbereitet hat und den ganzen Raum sowie das Bett mit Rosen ausgelegt hat. Es soll ein Dankeschön für meine Hilfe für ihn sein, weil ich einfach bedingungslos für ihn da bin. Der schöne Anblick rührt mich zu Tränen. Solche Momente verleihen mir Flügel und geben mir eine Menge Energie. Der Abend endet wundervoll und ich fühle mich verdammt gut.

Meine Arbeit in den nächsten Tagen erfährt Höhenflüge. Immer während Maik schläft, und das tut er oft, schreibe ich meine Texte. Der Zwang, dass ich meine Arbeit in einer gewissen Zeit schaffen muss, setzt bei mir extrem viel Fantasie frei. Ich habe keine Zeit zum Nachdenken, alles sprudelt einfach aus mir raus und ich schreibe Artikel, die genial sind und viel Aufmerksamkeit erzeugen. Genau diese Unbekümmertheit gab mir mein Mann jeden Tag mit auf den Weg, er steuerte mich mit seiner Kraft, er war meine tägliche Quelle. Nun ist es Maik, zwar auf eine andere Art, aber mit dem selben Ergebnis. Oder vielleicht sogar noch besser. Nur so kann ich Arbeiten. Alles andere ist langweilig und bremst mich aus. Gerade sind wir beide, so wie ich es immer beschreibe, ungebremst auf der Überholspur unterwegs.

Morgens muss ich früh los und hinterlasse ihm im Bad am Spiegel ein großes Herz, das ich mit Zahnpasta male. Mehr habe ich nicht zur Hand, weil ich weder Lippenstift noch Kajal benutze. Über das Herz schreibe ich, ebenfalls mit Zahnpasta, ein liebevolles „Danke".

Unsere tägliche Kommunikation per Whatsapp wird intensiver. Waren es vorher ein- bis zweimal am Tag, schreiben wir jetzt mehrmals täglich. Zudem werden unsere Anrufe mehr und ausführlicher. Mittlerweile geht es um wichtige Sachen wie: Wer besorgt das Essen und haben wir noch genügend Wein vorm Fenster. Ich liebe diese Art der Verständigung und gerade dieses Leben, es ist so real. Ich sehe mein Umfeld, wie es darauf reagiert. Es passt nicht jedem. Meine Kinder ziehen mit und geben mir enormen Halt. Ich bewundere sie dafür, vor allem meinen ältesten Sohn Daniel. Er ist ganz wie sein Vater: immer bedingungslos für mich da.

Maik dagegen hat viele knallharte Ansichten. Oft reagiert er launig und möchte, dass man nach seinen Regeln spielt. Das mache ich nicht. Ich ignoriere seine Anweisungen, tue es aber so, dass es ihn nicht kränkt. Unser Miteinander wird jeden Tag inniger, ich gewöhne mich immer mehr an ihn, er bestimmt meinen kompletten Zeitplan. Langsam wird es bei mir zur Sucht. Wenn ich unterwegs bin, dreht sich in meinem Kopf alles um ihn.

Mit Chris, Heiko und den anderen halte ich nur noch Kontakt über Nachrichten. Mit Chris bespreche ich wirklich alles, während ich Heiko eher warmhalte. Bei ihm habe ich zumindest von seiner Seite aus die Liebe entfacht. Er sagt mir, dass er ein Leben ohne mich sich nicht mehr vorstellen kann. Bei Heiko zu Hause stehen nun sogar Hausschuhe und eine eigene Kaffeetasse für mich bereit und er hat immer ein liebes Wort. Diesen Zustand müsste ich eigentlich mal aufklären, ihm sagen, dass ich nichts für ihn empfinde und mir keine Zukunft mit ihm vorstellen kann. Aber es kommt nie dazu. Heiko denkt, dass ich übermäßig viel Arbeite und so schenkt er mir eine dreitägige Reise zur Erholung, die in vier Wochen losgehen soll. Ich stimme erstmal zu, denn bis dahin müsste Maik in seiner Entgiftung sein und dann könnte ich Heiko den Gefallen tun und drei schöne, für mich eher unausstehliche, Tage mit ihm verbringen.

Mit Maik bin ich nach wie vor auf dem Stand, dass es nur Freundschaft ist. Oder wie er sagt, Freundschaft plus. Wir haben hin und wieder Sex, der sehr schön ist. Aber irgendwie scheint er nicht wichtig zu sein. Unsere Gefühle sind viel tiefer, wir genießen es, uns die ganze Nacht im Arm zu halten oder an den Händen zu berühren. Wir lieben es, nebeneinander meist sehr spät einzuschlafen und in den Morgen, der bei uns frühestens ab elf Uhr beginnt, zusammen zu starten. Ich sauge jede Sekunde auf. Die unruhigen Nächte von ihm, in denen der dreimal duschen geht oder anfängt, sich mit Essen vollzustopfen, die empfinde ich als das pure Leben. Zeit spielt keine Rolle. Egal wann wir schlafen oder wach sind, Hauptsache wir sind zusammen. Natürlich immer nackt und der Fernseher in Dauerschleife. Maik hat einen schönen Schwanz, dick und groß. Ich fasse ihn sehr gern an, er ist allerdings da sehr empfindlich. Gern möchte ich mit seinem Glied in meiner Hand einfach einschlafen. Ohne etwas zu tun, nur halten, seine weiche Haut und Wärme in meiner Handfläche spüren. Ich würde es Maik gern sagen, aber so weit sind wir noch nicht.

Mittlerweile ist ein weiterer Mann in mein Leben getreten. Sahin, ein Freund, den ich schon sehr lange kenne. Wir haben uns vor vielen Jahren bei einem erotischen Pärchentreff getroffen und uns sofort ineinander verliebt. Daraus ist eine Zeit entstanden, in der ich fast zwei Jahre lang mit zwei Männern liiert war. Beide, also mein Mann und Sahin, haben es geduldet. Irgendwann wurde der Kontakt zu Sahin, der ein Türke aus Berlin ist, zu intensiv und er wollte gern eine Entscheidung, mit wem ich leben möchte. Für mich stand ganz klar fest, ich bleibe bei meinem Mann. Ich zog mich von Sahin zurück und mied jeden Kontakt zu ihm. Er ist sexuell sehr reizvoll, sehr lustvoll und weiß ebenfalls was er will. Ein Mann mit Charme und er liebt die

Zigarette danach. Genau wie ich, allerdings ich nur den Rauch. Nach dem Tod meines Mannes habe ich Sahin dazu informiert und seitdem haben wir immer wieder per Nachrichten Kontakt. Jetzt drängt er darauf, mich unbedingt sehen zu wollen. Bei mir zu Hause geht es nicht, da sind die Kinder. Maik, der ja noch immer mit mir im Hotel wohnt, ist morgen den ganzen Tag unterwegs beim Arbeitsamt in Lübben und macht noch weitere Erledigungen. Er wird also eine ganze Zeit lang beschäftigt sein. Das wäre die Gelegenheit, sich mit Sahin hier im Hotel in unserem Zimmer zu treffen. Eine sehr anregende Vorstellung. Wir verabreden uns für mittags und ich kann es kaum erwarten. Ich habe ein wenig schlechtes Gewissen wegen Maik, schüttel es aber schnell ab. Wir sind schließlich nach wie vor nur Freunde, zumindest beteuert er es immer wieder.

Am Morgen breche ich früh zur Arbeit auf, ich habe zwei Pressetermine. Maik ist bereits am Erwachen, schließlich muss er in zwei Stunden los. Die Vorfreude auf Sahin lässt mein Herz hüpfen. Alles geht heute wie von selbst von der Hand. Kurz vor mittags fahre ich ins Hotel, will das Zimmer noch etwas in Ordnung bringen. Bei meiner Ankunft, ich lausche von außen im Flur an der Zimmertür, muss ich allerdings feststellen, dass Maik immer noch da ist. Man hört ihn im Raum husten und der Fernseher läuft. Was soll ich tun? Sahin wird in einer Stunde hier auftauchen, das Chaos wäre perfekt. Soll ich warten, ob Maik gleich geht? Es macht nicht den Anschein. Ich stehe immer noch vor der Tür und horche. Ich kann wieder sein Schniefen vernehmen und Maik läuft hin und her. Sicher holt er sich etwas zu trinken. Leichte Panik steigt in mir auf. Sahin kann ich nicht mehr absagen, er ist ja bereits auf dem Weg hierher. Da man sich in dem Hotel 24-Stunden einchecken kann, buche ich kurzerhand ein weiteres Zimmer. Mir wird eins zugewiesen, welches genau gegenüber dem jetzigen ist, wo ich mit Maik wohne. Ich eile schnell zum Parkplatz und stelle mein Auto zwei Straßen weiter ab in der Hoffnung, Maik wird es nicht sehen. Ich gehe zurück ins Hotel, ziehe meine Absatzschuhe aus und schleiche in das von mir neu gebuchte Zimmer und hoffe dabei, dass nicht gerade jetzt Maik den Raum verlässt. Er denkt ja, dass ich bei Terminen bin. Ich springe schnell unter die Dusche. Sahin taucht pünktlich auf und wir genießen eine Stunde im Zimmer gegenüber. Es ist schön, ich habe kein schlechtes Gewissen, aber ich kann mich nicht wirklich auf die Erotik mit ihm einlassen. Ich bin froh, als die Zeit vorbei ist und er wieder geht.

Die nächsten Tage laufen ab wie immer. Man könnte den Zustand mit Maik unter "fff" beschreiben. "Faulenzen, Fressen, Ficken". Daraus besteht die Zeit und natürlich arbeite ich ein wenig nebenbei. Immer wieder gibt es Tage, wo Maik nach Berlin zu irgendwelchen Kumpels fährt und ich dann die ganze Nacht warte, ob es ihn gut geht oder er sich doch wieder Kokain durch die Nase zieht. Immerhin sind wir nun so weit, dass er dann zum Hotel kommt und hier seinen "Rausch" ausschläft. Das Auto lässt er immer stehen und kommt mit dem Taxi. Das ist ein Fortschritt, der für mich viel bedeutet und zeigt, dass er in gewissem Sinne bewusst handelt. Ich merke, wie er meine Nähe genießt, froh ist, wenn ich da bin und sich oft meldet, wenn ich unterwegs bin. Es ist ein schönes Gefühl. Ich hätte nicht erwartet, dass es mal soweit kommt und meine Sehnsucht zu ihm wächst jeden Tag. Eines Abends bringt er mir sogar eine kleine Plüschtierkatze mit großen glitzernden Augen mit, welche nun mein Glücksbringer ist und immer bei mir ist. Leider habe ich die bereist zwei Mal verloren und immer wieder nachgekauft, damit Maik nicht traurig ist. Natürlich weiß er nichts davon. Irgendwie achtet er darauf, dass ich sein Plüschtier, egal wo wir hingehen, bei mir habe.

In einer Woche ist es nun soweit. Es ist Anfang Dezember und endlich hat Maik die Zusage für die Entgiftung. Er wird für vier Wochen nach Teupitz, etwa 40 Minuten von mir entfernt, gehen. Mehrere Tag hintereinander rufen wir pünktlich am Morgen um 8 Uhr in der Suchtklinik an, ob ein Platz frei ist. Dann ist es wirklich soweit. Der Tag der Trennung kommt. Nach vielen Wochen der Gemeinsamkeit Tag und Nacht ist es einfach vorbei. Vorbei die Zweisamkeit. Mein Herz scheint zu zerreißen. Ich habe das Gefühl, ich werde ihn nie wieder sehen. In drei Wochen ist Weihnachten und ich werde ganz alleine sein. Das schaffe ich nicht. Die Traurigkeit macht mich kaputt. Ich werde zu meinem Mann gehen, was soll ich allein hier auf dieser Welt?

TEUPITZ Dezember 2024

Maik fängt an, seine Sachen zu packen. Er scheint sich unsicher zu sein, ob es der richtige Schritt ist, aber irgendetwas muss seiner Meinung nach geschehen. So kann es nicht weiter gehen. Er braucht einen Ausweg aus der Sucht und so sammelt er alle Kleidungsstücke zusammen und packt noch die Waschutensilien aus dem Bad ein. Am Ende sind es zwei Sporttaschen mit denen er unser Hotelzimmer verlässt. Eine innige Umarmung lässt mir den Atem stocken, ihm geht es wohl ebenso, seine Augen zeigen eine tiefe Traurigkeit. Ich blicke ihm nach und setze mich aufs Bett. Ich bleibe alleine zurück, öffne ganz weit das Fenster, ich bekomme keine Luft. Tränen überströmen mein Gesicht und ich lasse es geschehen. Was für eine schöne Zeit und nun ist sie vorbei. Einfach so. Endlich konnte ich nachts schlafen, war nicht mehr allein. Nun bin ich wieder am Anfang oder eher am Ende. Auf dem Tisch liegen noch seine Zigaretten und ich zünde mir eine an. Ich räume den Müll zusammen, verlasse völlig verheult und innerlich leer und einsam das Zimmer.

Zu Hause angekommen rede ich mir ein, dass wir ja nur Freunde sind, Freunde die aufeinander aufgepasst haben. Oder ist da mehr? Wir haben als zwei Fremde angefangen, er verschlossen und ich mit meinen Geheimnissen. Nun haben wir uns schon geöffnet, wissen viel voneinander und versuchen dem anderen seine Sorgen ernst zu nehmen, damit klar zu kommen. Für mich ist es schwer zu verstehen, warum er das Kokain braucht und für ihn gibt es keine Chance, meine Situation zu verstehen. Meine Familie ist anders als andere. Unser Leben war und ist abseits des Normalen gewesen. Wir haben überwiegend in Ungarn gelebt und in Deutschland gearbeitet. Meine Kinder sind in keine öffentliche Schule gegangen, sondern haben per Fernschule zu Hause in unserem Bauernhof in der Puszta bis zur zehnten Klasse gelernt. Für mich war es am Anfang eine kleine Herausforderung, womit ich schnell zurecht kam. Als ich das fünfte Mal für das Fach Geschichte die französische Revolution durchhatte, war es wirklich nur noch eine Leichtigkeit. Daneben habe ich unsere Tiere wie die Gänse, Enten, Ziegen, Pferde, Hunde, Katzen und was sonst sich noch auf unserem Bauernhof bewegt hat, betreut. Mein Mann ist regelmäßig nach Berlin gefahren, um dort seine Termine für die Broschüren wahrzunehmen. Manchmal bin ich mitgefahren. Ich habe all die Freiheit geliebt. Ich hätte gern, das es so bleibt. Aber dazu braucht man Menschen, die ebenfalls so sind. Maik ist so, aber er ist nun nicht mehr da. Gerade weil ich ihn so sehr in mein Herz geschlossen habe, wünsche ich ihm von Herzen, dass er die Entgiftung gut meistert und seinen Weg findet. Ich habe ihm gesagt, dass ich immer an seiner Seite bin. Egal wann, wie und wo. Ich liebe ihn. Natürlich nicht so als Pärchen, sondern als Mensch. Er ist etwas Besonderes, was es genau ist, weiß ich immer noch nicht. Er ist stark, menschlich und irgendwie verletzlich. Er hat viel Selbstvertrauen und dann wieder neidet er anderen. Er hat eine relativ kurze Zündschnur und schlägt schnell in eine bösartige Stimmung um. Eben ein typischer Wassermann. Ich kann damit umgehen und ignoriere seine Launen. Das tut ihm gut. Niemand der ihn gängelt, bevormundet, sondern einfach bedingungslos da ist und so akzeptiert, wie er ist. Er kann auf mich zählen und wird es hoffentlich ausnutzen. Es würde uns beiden gut tun. Ihm, weil es für ihn immer einen Strohhalm gibt und mir, weil ich weiß, da ist jemand, der mich braucht.

Die ersten Tage in der Entgiftung sind angebrochen und es herrscht ein bestimmter Tagesablauf. 6.30 Uhr ist aufstehen, was Maik am Anfang schwerfällt. Er ist sehr kommunikativ und freundet sich schnell mit den anderen "Patienten" an. Ich bin wieder in meinen Alltag zurückgekehrt. Fühle mich aus der Bahn geworfen, überlege immer wieder, noch für ein paar Tage das Zimmer in Schöneiche zu buchen, einfach die schöne Zeit festhalten. Nur für mich, so als Erinnerung. Aber ich komme immer wieder davon ab. Ich vermisse Maik schrecklich.

Mit Maik schreiben wir uns oft. Am Morgen wenn er erwacht, sendet er mir einen Gruß. Immer wieder schickt er tagsüber kleine Nachrichten, was so bei ihm ansteht bis hin zum Abend, der mit einer lieben Gutenachtnachricht endet. Er erzählt, dass er in der Entgiftung viel schläft, sehr unruhig ist, immer wieder wach ist und sein typisches Nachtprogramm mit etwas Naschen, Duschen und an seinem Handy

Videos ansehen praktiziert. Das scheint seinem Zimmernachbarn nicht wirklich zu passen. Maik fragte mich kürzlich, wie ich mit ihm zusammen mit nur zwei Stunden Schlaf in der Nacht auskommen konnte. Ich genieße es, dass er sich um mich kümmert und sich Sorgen macht, ich würde ihn so gern sehen. Nur kurz, nur einmal anfassen, fest umarmen, ganz nah fühlen. Ich vermisse ihn sehr und schreibe ihm am Abend eine längere Nachricht. Diese wird er wie immer nicht lesen und nicht verstehen, was ich meine. Aber mir tut es gut, meine Gedanken loszuwerden:

> **KATINA schreibt:** Hallo Maik, ich gehe nun bald schlafen oder zumindest Richtung Bett. (Fühle mich etwas angeschlagen) Du fragtest gestern, wie ich mit nur zwei Stunden Schlaf (während wir da zusammen waren) auskommen kann. Zeit ist kostbar, sie ist nur einmal da. Ich habe in den Nächten mit dir jedes schniefen, röcheln, duschen oder sonstige Aktivitäten von dir so sehr gern aufgenommen, keine Sekunde bereut, die Zeit kommt nicht wieder, es waren tiefe Empfindungen „Leben" „einfach die Zeit

festhalten", denn kurze Zeit später ist sie vorbei. Ich habe dich intensiv aufgenommen, deinen Atem gefühlt, wach, bewusst. Augenblicke, die das Leben besonders machen und bleiben. Ich bin nicht müde, davon nicht! (Das sollte nur eine Erklärung sein, die ganz tief in meinem Herzen ist) Kuss Katina

Im Verlag ist gerade das letzte Heft, welches noch in diesem Jahr erscheint, in Bearbeitung und zufällig habe ich einen Termin bei einem Orchester in Teupitz. Maik hat eigentlich keinen Ausgang und schafft es trotzdem, sich eine halbe Stunde aus der Klinik zu entfernen. Er hat noch den Landrover, den er vor der Klinik abgeparkt hat und so treffen wir uns im Nachbarort vor einem Supermarkt. Ich bin nervös, meine Wangen glühen und meine Gefühle fahren Achterbahn. Endlich sehe ich ihn. Das Auto nähert sich und ich bin mir nicht sicher, ob ich vor Freude in Ohnmacht falle.

Dann steht er vor mir, umarmt mich sehr zärtlich und ich sauge seinen Duft in mir auf, spüre seine weiche und feste Haut und würde ihn am liebsten nicht mehr loslassen. Sein kurzer Kommentar, ich soll jetzt bitte nicht heulen, lässt mich die Tränen zurückhalten. Ich würde gern weinen und ihm sagen, wie sehr ich ihn vermisse. Das würde er nicht hören wollen, er ist wie immer leicht nervös.

Er mag es, wenn ich gut drauf bin. Ich bin seine Energie, die ihn glücklich macht. Also tue ich besonders fröhlich, obwohl in mir die Traurigkeit tobt. Ich gebe ihm noch mein Ipad, damit er im Zimmer etwas Filme sehen kann, da man in der Klinik nur abends gemeinsam im Fernsehzimmer kucken darf. Wir wechseln noch ein paar Worte, schmiegen uns kurz aneinander und dann geht wieder jeder seine Wege. Die Rückfahrt macht mich extrem mutlos, ich versinke in meinen Gedanken.

Die nächsten Tage verlaufen wieder nur mit Nachrichten schreiben. Maik mag eigentlich keine Tiere, er findet die total überflüssig oder so ähnlich. Trotzdem sendet er mir eines Morgens fröhlich ein niedliches Video von einer schwarzen Katze, die in der Klinik wohnt. Moritz hat er sie, beziehungsweise ihn, getauft.

Im Verlag sind nun die letzten Hefte in Druck ge-gangen. Leon, einer meiner drei Söhne, ist wieder nach Ungarn gezogen und Andreas, mein zweitältes-ter Sohn, ist zu seiner Freundin Sarah nach Ebers-walde gegangen und wohnt nun dort mit ihr gemeinsam. Ich bin in dem großen Haus hier in Berlin also ganz alleine. Auf der einen Seite bin ich froh, endlich kann ich weinen wann ich will, ich kann rumtoben wann ich will, ich muss auf nieman-den Rücksicht nehmen. Meine Tiere, die Papageien, die Katzen und die Hunde spüren irgendwie meine Einsamkeit, zumindest bilde ich mir das ein. Alles scheint so sinnlos, leer, kalt und hoffnungslos zu sein.

Weihnachten steht vor der Tür und ich weiß nicht, wie ich diese Zeit überstehen soll. Soll ich nach Ungarn zu meinen Kindern fliegen oder hier in Ber-lin allein bleiben? Diese Entscheidung raubt mir die Nerven. Maik ist sowieso nicht da und sonst gibt es niemand, mit dem ich diese Tage verbringen möchte. Heiko kommt nicht infrage, der langweilt mich zu sehr. Außerdem hat er sich freiwillig zum Busfahr-dienst an Weihnachten gemeldet, da er ja eigentlich auch alleine ist. Ich buche einen Flug für den 23. Dezember und werde es aus meiner Laune raus entscheiden, ob ich hinfliege oder in Berlin bleibe. Die Ruhe hier in dem leeren Haus machen mich kaputt. Ich beschäftige mich mit Sinnlosigkeiten. Immer wieder kommt mir der Gedanke, mich auf den Weg zu meinem Mann zu machen, ihm in die Unendlichkeit zu folgen. Es wäre das beste. Ich wäre für niemand eine Last und für mich die Befreiung. Maik wird seinen Weg finden, dazu braucht er mich nicht. Er ist Suchtkrank und mittlerweile ist mir klar, niemand kann ihm helfen, er muss selbst mit sich im Reinen sein. Ich kann für ihn da sein, auf ihn aufpassen, den Absprung muss er selbst schaffen. Allerdings ist das in diesem System kaum möglich. Niemand kontrolliert es, niemand passt auf die Drogenkranken auf. Die sind eigentlich alle sich selbst überlassen.

Maik hat eine Wohnung im Spreewald, die das Amt bezahlt, er hat allerdings dort seit Monaten keinen Strom, weil er diesen nicht bezahlt hat. Er selbst sagt, die Wohnung ist nicht bewohnbar, sie gleicht einer Müllhalde. So lange das nicht in

Ordnung ist, wird er sich in seinem Zuhause nicht wohlfühlen. Ich mache mir Gedanken dazu und gemeinsam reift der Vorschlag, dies zu ändern. Schon alleine für seinen Sohn. Der ist gerade mal zwölf Jahre alt und würde sicher gern öfter bei seinem Vater sein wollen, wenn dieser aus der Entgiftung zurück ist. Sein Sohn lebt in Cottbus bei seiner Mutter. Maik liebt ihn über alles und schon deshalb wäre es wert, sein Leben etwas zu sortieren. Ich bewundere Maik für die Liebe zu ihm, dafür hat er sich auch die Tattoos machen lassen. Der Junge mit dem Ball ist natürlich sein Sohn, den er auf seinem Oberschenkel an der Hand hält.

Mit der Mutter hatte er nur einmal bei einer Party Sex, als er wieder mal betrunken war. Anschließend war sie schwanger. Zwei Jahre lang haben sie versucht, eine Art Familie zu sein, was nicht funktioniert hat. Nun wohnt das Kind bei der Mama und könnte jedes zweite Wochenende bei Maik sein. Aber unter diesen Umständen gibt es keine Chance. Ich allerdings wäre gern bereit, ihm zu helfen.

Weihnachten rückt immer näher und ich entschließe mich, nicht nach Ungarn zu fliegen. Alle wollen kein Weihnachtsfest feiern und es würde eine unendliche Traurigkeit herrschen. Ich würde mit meiner schlechten Laune alle runterziehen und die Situation noch verschärfen. Ich hätte Angst, in einen Strudel der Panik zu verfallen und durchzudrehen. Wenn ich nicht in Berlin wäre, wäre Maik sicher ebenfalls traurig. Auch wenn wir nicht zusammen sind, ist es für ihn ein gutes Gefühl, dass ich in seiner Nähe bin. Zumindest bilde ich mir das ein. Er kann auf mich zählen. Zu tausend Prozent. Das tut mir ebenfalls gut. Maik bittet mich um etwas Geld, damit er ein paar Weihnachtsgeschenke für seinen Sohn, seine Mama und seine Tante kaufen kann. Mittlerweile hat er täglich einige Stunden Ausgang und kann alles erledigen. Ich habe das Gefühl, ihm mein Herz öffnen zu müssen und schreibe ihm zwei Tage vor Weihnachten eine Whatsapp-Nachricht, auch wenn ich weiß, dass er sie wieder nicht lesen wird. Texte sind ihm zu lang. Er ist eher der Typ, der Sprachnachrichten versendet. Trotzdem schreibe ich ihm diese Zeilen, es erleichtert mein Herz:

> **KATINA schreibt:** Lieber Maik, ich wünsche dir einen wundervollen und halbwegs glücklichen

guten Morgen, deine Energie ist sehr ansteckend, und einen besinnlichen vierten Advent. Irgendwie ein komisches Gefühl heute. Ich möchte mich für dein „einfach da sein" bedanken, was mir echt geholfen hat, die letzte Zeit gut zu überstehen und die mit noch mehr Leichtigkeit zu erleben. Ja, du warst einfach da, einfach so. Du warst jeden Tag meine Herausforderung, auf die ich mich gefreut habe und hast mir durch deine besondere Art tatsächlich noch eine Menge mehr Energie, in jede Richtung, gegeben. Ich habe mit dir geweint und gelacht. Aufgeben war durch dich für mich keine Option mehr. Ich bin dir dafür unendlich dankbar. Gleichzeitig habe ich die Stille mit dir genossen oder um mit Nenas Worten zu sagen: „Ich schlafe so gern mit dir ein". Ich habe dich im Herzen und in meinem Kopf sehr gern. Du bist ein Mensch mit viel Gefühl, was du mich oft spüren lässt und dazu einfach unglaublich du selbst bist. Irgendwie anders, irgendwie verrückt und wie ich sagen würde, immer ohne Bremse auf der Überholspur. Das ist so Mega toll!!!!!!!!! Bitte bleib so und lass dich nicht verbiegen. Ich mag zudem sehr die Natürlichkeit wenn wir zusammen sind, sind wir irgendwie fast immer nackt, egal was wir gerade tun. Eine schöne Harmonie und so unkompliziert. Du hast so liebe Sachen für mich gemacht, mein Herz lacht oft wenn ich daran denke. Ich weiß es sehr zu schätzen. Darauf ist keine Antwort nötig. Ich weiß du magst so was hier nicht, ich wollte es aber einfach mal loswerden (geht sicher auch kürzer) (heute ist der richtige Tag dafür)... meine Gefühle für einen echt tollen Mann wie dich... ist ja nicht selbstverständlich. Wir sehen uns, am selben Platz wie immer. Bin auch immer für dich da.

Deine Katina

P.S. Und ich liebe es wie du Auto fährst.

Der 24. Dezember ist angebrochen und ich genieße es doch irgendwie, allein zu sein. Ich kann weinen wie ich will und meine Trauer mit mir selbst ausmachen. Niemand muss meine verquollenen roten Augen sehen. Ich muss mich nicht verstellen, nicht so tun als ob alles in Ordnung ist. Es ist nichts gut, das Leben ist einfach nur Scheiße und unfair.

Ich trinke meinen Morgenkaffee und plötzlich blinkt eine Nachricht von Maik auf meinem Handy auf. Er schreibt, dass er gegen Mittag für zwei Stunden zu mir nach Berlin kommt. Er erträgt es nicht, dass ich alleine bin. Ich fange an zu weinen. Was stimmt bei ihm nicht? Wir sind "nur" Freunde und dann verbringt er Weihnachten, das Fest der Liebe, mit mir? Ich gehe zu Aldi, kaufe ein paar Steaks und noch die Beilagen. Punkt 13 Uhr ist er wirklich da, wir umarmen uns herzlich und halten uns kurz und sehr intensiv fest, lege sanft meinen Kopf an seine Schulter. Ich mache mich in der Küche sofort über das Essen her, er spricht dabei mit den Papageien und schneidet einen Apfel für die beiden zurecht. Wir reden nebenbei über die Klinik und was er so den ganzen Tag macht. Er hat eine liebevoll gepackte Kiste mit Weihnachtsgeschenken mitgebracht, was mein Herz rührt. Nach dem Essen sitzen wir auf der Couch und er prüft mal ganz nebenbei, was sich unter meinem Kleid zwischen meinen Beinen verbirgt. Es kommt zum kurzen heftigen Sex, der von Zuneigung und Vertrautheit geprägt ist. Ich genieße seine Hände, seine Stimme und seine starke Schulter. Sich bei ihm anzulehnen ist gut, er ist am Oberkörper sehr breit gebaut und es ist ein intensives Gefühl, ihn an meiner Seite zu haben. Für eine kurze Zeit kuscheln wir uns im Bett unter einer dicken Decke ein und halten uns ganz fest, ich lege meinen Kopf auf seine Brust und bin dankbar dafür, diesen Moment zu haben, natürlich sind wir wieder nackt. Leider ist die Zeit viel zu schnell um. Auf dem Rückweg zur Klinik fährt er noch bei seiner Mama vorbei und nimmt das restliche Essen von hier mit. Ich lasse das Geschirr auf dem Tisch und in der Küche stehen, lege mich in das von ihm angewärmte und nach ihm duftende Bett und lasse meinen Tränen freien Lauf.

Die Liebe, die er mir schenkt, tut gut und so entwickle ich die Kraft, für den nächsten Tag einen neuen Flug zu buchen und zu meinen Kindern nach Ungarn zu fliegen. Maik erzähle ich nichts davon. Ich weiß nicht, was er dazu sagen würde. Auf der einen Seite bin ich einsam und am Boden zerstört, auf der anderen Seite fliege ich einfach mal so durch die Gegend. Ein Kontrast, den man nicht verstehen kann. So behalte ich es für mich und schlafe später friedlich ein, nachdem ich noch die liebe Gute-Nacht-Nachricht von Maik gelesen habe.

Am Morgen bereite ich mich auf den Flug vor. Ich bin entspannt und in mir herrscht das Gefühl, dass sowieso alles egal ist. Ist freu mich auf Ungarn und hoffe, da über den Wolken eventuell meinem Mann zu begegnen. Ich freu mich auf meine Kinder Britta, Leon und Daniel. Ich staune selbst über mich, dass ich die Kraft habe, diese Reise anzutreten. Daran ist Maik schuld. Mit seiner spontanen Weihnachts-aktion hat er mir gezeigt, dass er für mich da ist, das ich nicht allein bin, dass das Leben einen Sinn hat. Vielleicht. Vielleicht auch nicht. Oder wie Maik sagen würde: "Keiner hat gesagt, dass es einfach wird". Er ist in seiner Klinik gut aufgehoben, man passt dort auf ihn auf. Ich muss mir eigentlich keine Sorgen machen. Das beruhigt. Pünktlich ist mein lieber Freund Baker da, der mich mit seinem Taxi zum Berliner Flugplatz bringt. Er hat ein paar Getränke besorgt, die ich während der eigentlich eher kurzen Fahrt zu mir nehme. Wir unterhalten uns über Maik, der das wohl wieder mal gespürt hat und genau in diesem Moment anruft. Ich stelle das

Telefon auf laut und Baker kann das Gespräch mitverfolgen. Seine Aussage, dass man spürt, dass Maik mich sehr mag, beruhigt mich ungemein.

Der Flug verläuft gut und in Budapest stehen meine drei Mäuse schon am Ausgang. Ihre glücklichen Gesichter zeigen mir, dass ich alles richtig entschieden habe. Wir halten uns in den Armen und meine Tränen finden wieder ihren Weg über mein Gesicht. In Gedanken bin ich immer bei Maik und hoffe, dass er es nicht erfährt, dass ich nicht in Berlin bin. Kaum sitzen wir in Daniels nagelneuem Auto auf dem Weg zu uns nach Hause nach Bócsa, ruft Maik auch schon an. Ich lenke vom Thema ab, frage ihm nach seinen Befinden und damit ist das erledigt. In Bócsa angekommen, begrüßen mich die Tiere, also Hunde und Katzen, ein Wirbel der Freude geht los und in kurzer Zeit ist Berlin aus meinem Fokus verschwunden.

Ich tauche in die Welt der Freiheit ein. Hier in Ungarn ist alles möglich, es gibt keine Regeln, keinen Zwang. Ich fühle mich schwerelos und bin doch befangen im Bezug auf Maik. Dieser meldet sich regelmäßig aller paar Stunden und ich signalisiere ihm, dass ich zu Hause in Berlin bin. Zum Glück hat er kaum Ausgang und so ist die Wahrscheinlichkeit, dass er mich Zuhause in Köpenick besuchen kommt, eher gering.

In Bócsa genieße ich jede Minute, wir gehen meine Freundin Conny besuchen und sind ein paar Stunden bei ihren Pferden auf der Weide, zudem serviert sie leckeren Kuchen und wir verleben einen wunderbaren Nachmittag. Weiterhin verbringen wir einen Tag im Thermalbad, wo mich sofort ein fremder Mann in ein sehr anregendes Gespräch und später in ein kleines erotisches Vergnügen verwickelt und am Abend sitze ich gemeinsam mit meinen drei Kindern und unseren Hunden zu Hause im Garten an der heißen Feuertonne. Wir reden über ihren Papa, über schöne und traurige Erlebnisse, viele Tränen sowohl der Freude als auch der Trauer fließen. Die Zeit vergeht wie im Flug. Ich bin traurig, als es am 30. Dezember zurück nach Berlin geht. Aber ich habe mich dazu entschlossen, Silvester alleine zu verbringen. Mit mir, mit meinen Gedanken, mit meinen Gefühlen. Für Maik nehme ich von hier ein Hufeisen mit, es soll ihm Glück bringen. Früher, so vor hundert Jahren, war unser Haus die Poststation vom Ort, wo man die Pferde, die die Post transportierten, tauschte und denen neue Hufe verpasste. Als wir hier vor siebzehn Jahren einzogen, haben wir unzählige dieser alten verbogenen Hufeisen gefunden und diese in unterschiedlichen Räumen über den Türen aufgehängt. Nun suche ich für Maik das schönste Exemplar aus und verpacke es in meiner Tasche. Mein Flug geht sehr spät, so das ich erst 22 Uhr in Berlin lande. Es tut gut, die Nacht und deren Dunkelheit schützen mich.

Der letzte Tag im Jahr bricht an, ich bin wieder in Berlin und blicke aus dem Fenster. Es sieht ziemlich kalt aus. Ich bleibe lange im Bett, habe nichts zu verlieren. Alle vier Katzen sitzen um mich rum, sind wohl froh, dass ich wieder da bin und geben mir ein schönes Gefühl. Ich denke an Maik. Er hat nun öfters Ausgang und es tatsächlich geschafft, einiges in seiner Wohnung neu zu machen. Ein paar seiner Freunde haben ihm dabei geholfen und glücklich schickt er mir Videos von den gelungenen Aktionen. Ich höre seine schöne Stimme, die an manchen Tagen sehr rauchig klingt und ungewöhnlich einprägsam ist. Oft denke ich mir, dass er als Synchronsprecher wirklich gut wäre. Seine Tonlage hat Charakter, genau wie er selbst. Er erzählt, dass er die alten Möbel rausgeschmissen hat, neuer Teppich verlegt wurde und die Wände frisch gestrichen sind. Er hat sich ein neues Bett gekauft und versucht, ein Regal aufzubauen. Da er wenig Geduld für so etwas hat, liegt es immer noch in Einzelteilen auf dem Boden. Das Geld für die ganzen Neuanschaffungen hat er sich bei mir geborgt. Um das zu vereinfachen, hatte ich ihm an Weihnachten meine Bankkarte mitgegeben, weil das ewige Hin- und Hergeben vom Bargeld nervt. Er geht damit gut um und fragt jedes mal, wenn er Geld abhebt oder sich etwas kaufen möchte. Ich bin über diese Entwicklung froh und unsere Vertrautheit wächst weiter. Mittlerweile reden wir mehr über Themen aus seiner Vergangenheit, seine vielen Frauengeschichten und ich erfahre immer mehr von seinen Drogenproblemen und einigen Hintergründen. Er erzählt, dass er früher fast jeden Tag "geballert" hat, also Drogen zu sich genommen hat. Mittlerweile ist es weniger geworden, aber der Drang danach ist immer noch da. Ich sehe, dass es ihn belastet. Spüre aber auch, dass es ihn auf eine gewisse Art glücklich macht, wenn er sich den Stoff durch die Nase zieht. Ich finde die Situation in einer Hinsicht nicht schlecht, da er dann echt geil ist und mich mitten in der Nacht mehrmals weckt. Dieses Erlebnis hatte ich einigemale, als wir die Zeit vor seiner Entgiftung im Hotel wohnten. Dann will er, dass ich seinen Schwanz zum Höhepunkt bringe, er mir ins Gesicht spritzt oder er seinen dicken erregten Liebesstab von hinten mal kurz zum Abspritzen in meine Fotze steckt. Meist geschieht das bei mir wie in Trance und kurze Zeit später schlafen wir einfach weiter. Ein schönes Gefühl, was ich leider derzeit nicht nutzen kann. Er ist ja immer noch in der Entgiftung in Teupitz und ich bin gespannt, wie es ihm danach gehen wird. Ich hoffe er bleibt der alte, nur vielleicht ohne Drogenkonsum. Natürlich kann ich nicht nachvollziehen, wie es ihm nach dem Stoffziehen wirklich geht, mit welchen Problemen er sonst dabei noch kämpft, die er mir verschweigt. Das kann man nur verstehen, wenn man selbst in der Situation ist. Genauso kann er meine Lage nicht begreifen und ich wünsche niemanden, dass er das durchmachen muss, was mir passiert ist. Ich sage Maik immer, dass man sein Drogenproblem, wenn man will, lösen kann. Dafür gibt es viele Möglichkeiten und Hilfsangebote. Mein Angelegenheit dagegen kann man nicht ändern, das ist endgültig und mein Leben wird nie wieder so sein, wie es mal war. Diese Vorstellung ist unerträglich und unfassbar. Verzweiflung macht sich breit.

Am frühen Nachmittag, es ist der 31. Dezember, sendet Maik mir eine kurz Nachricht, dass er sich gleich per Facetime bei mir meldet und für mich eine Glücksrakete in den Himmel schickt. Ich soll mir etwas wünschen und schon mal überlegen, was es sein kann.

Kurze Zeit später ist es soweit, ich sehe ihn mit ein paar Freunden aus der Klinik mit ihren Raketen und tatsächlich steigt eine für mich in den Himmel. Ich wünsche mir, dass unsere Beziehung bestehen bleibt und wir sehr lange Freunde bleiben, füreinander da sind und einfach weiter ein unschlagbares Team bleiben, spontan, frei und nur so von Ideen ausgefüllt, die man einfach tut, ohne darüber nachzudenken. Ein irrer Wunsch, aber man soll die

Hoffnung nie aufgeben. Bevor Maik in die Entgiftung ging, dachte ich auch, es ist das Ende unserer Beziehung und nun schießt er eine Glücksrakete für mich, nur für mich in den Himmel, die er extra im Supermarkt bestellt hat. Ein kleiner Liebesbeweis, den ich gern in mir aufsauge und versuche festzuhalten.

Der restliche Abend gestaltet sich bei mir ruhig, Maik meldet sich noch ein paar Mal. Dann ist es Mitternacht und ich bin froh, diesen Tag geschafft zu haben. Ich mache mir Gedanken, was wird das neue Jahr bringen? Werde ich es schaffen. Meine Gefühle springen zwischen Panik und Höhenflügen hin und her. Angst und Freude kämpfen in mir miteinander. Was wird gewinnen? Ich weiß es nicht und schlafe irgendwann, nachdem mir Maik ein gesundes Jahr 2025 gewünschte hat, ein.

Das neue Jahr ist angebrochen, es ist verdammt kalt und ich fühle mich nicht wohl. Ich würde am liebsten vom Erdboden verschwinden, als ich eine Nachricht von Maik entdecke. Er fragt, ob wir uns am Abend in Teupitz zum Essen treffen wollen.

Mir kommen langsam Zweifel. Wie kann er immer wieder spüren, wenn es mir schlecht geht. Ich wusste vom ersten Tag an, dass zwischen uns eine bestimmte innere Harmonie herrscht, es über- irdische Schwingungen gibt und dies bestätigt sich immer wieder. Mein Herz hüpft, sollte das neue Jahr mir doch Glück bringen? Aber was heißt schon Glück? Ich gehe den Tag ruhig an. Trinke drei Tas- sen Kaffee, gehe duschen, wasche meine Haare und überlege, was ich anziehe. Naja, eigentlich überlege ich das nie. Ich ziehe immer an, was ich gerade finde. Maik meint zwar, dass es nicht immer zusam- men passt, aber er nimmt mich so wie ich bin. Als einziges achtet er darauf, dass mein Oberteil gerade sitzt und der Rock richtig rum angezogen ist. Er ak- zeptiert mich so, wie ich bin. Wir genießen es beide, jeden so zu lassen, wie er ist. Oft sieht man uns schief an, ein ungleiches Paar. Er, der verwegene und doch sehr interessante Drogentyp, ich die fast zwanzig Jahre ältere "Lady" mit der wilden Frisur, den bunten Klamotten und immer in Absatzschuhen und guter Laune. Eine Mischung die optisch un- gleich ist und doch einfach das perfekt Paar abgibt.

Wir genießen es, aufzufallen, aus dem Rahmen zu wirken und provozieren es teilweise bewusst. Nicht immer geht das gut, denn Maik kann schon mal sehr grob werden und Menschen, die uns abfallend ansehen, laut und aggressiv zurechtweisen. Bisher ist es nie zu Handgreiflichkeiten gekommen, oft hat nicht viel gefehlt. Aber dafür liebe ich ihn ebenfalls, er steht zu hundert Prozent hinter mir und zeigt es.

Am Abend sind wir beide pünktlich im Restaurant in Teupitz. Es wird geredet und gegessen. Maik erzählt von seinem Alltag bei der Entgiftung, dass er Ergotherapie hatte, was ihm total auf den Sack ging. Dann fügt er noch an, dass er für mich ein Geschenk hat, welches ich in Kürze bekommen werde. Ich sehe amüsiert in seine hellen, wunderschönen Augen. Maik erzählt, dass ihn der Alltag bei der Entgiftung ganz schön schafft. Regelmäßig sollen sie Sport im Freien treiben, was bei den kalten Temperaturen einfach nur ätzend ist, denn er trägt dabei grundsätzlich eine kurze Hose. Im Spaß schlägt er vor, anschließend nach seiner Entgiftung ein paar Tage in die Sonne zu fliegen, bevor es zu einer sechsmonatigen Entziehungskur an die Ostsee gehen wird.

Zumindest ist der Aufenthalt in der Klinik so vorgesehen und es ist dafür alles in die Wege geleitet. Alle Unterlagen sind ausgefüllt und eingereicht, es gibt bereits eine verbindliche Rückmeldung. Da in Deutschland allerdings nichts funktioniert, ist auch hier die Frage, wie das mit der Entziehungskur enden wird.

Ich finde seinen Gedanken mit dem Ausflug in die Sonne gar nicht so übel. Schon aus dem Aspekt heraus, dass ich ihn für ein paar Tage für mich habe. Mit ihm ist jedes Abenteuer möglich. Allerdings würde das einen längeren Flug bedeuten, der nicht ganz so sein unbedingter Wunsch ist. Doch wie fast immer überwiegt die Spontanität und er wäre wie immer zu allem bereit. Ich habe keinerlei Bedenken und gebe ihm die Antwort, die er sicher nicht erwartet, denn ich stimme dem Vorhaben sofort zu. Seine Augen werden immer größer und am Ende unseres Gespräches einigen wir uns darauf, dass ich ein warmen und sonniges Urlaubsziel aussuche, es ihm allerdings nicht verrate, wo es hingehen wird. Er bekommt einfach einen Termin von mir, wann er am Flugplatz zu sein hat. Das ist also wieder mal ein sehr schräger Plan, der nur so nach Freiheit und Lust schreit.

Wir einigen uns auf Anfang Februar, also in fünf Woche, da anschließend seine sechsmonatige Entziehungskur losgehen soll. Wir genießen noch für kurze Zeit die Zweisamkeit und freuen uns über das leckere Essen. Gern würde ich noch einen Kaffee trinken, aber leider ist die Maschine bereits abgeschaltet und so macht sich jeder von uns zurück auf den Weg. Liebevoll nimmt Maik mich vor dem Restaurant in den Arm und wieder spüre ich seine starken Arme mit seiner einfühlsamen Aura, die mir so sehr fehlt.

Wieder zu Hause angekommen frage ich meinen lieben Freund Sebastian, der übrigens ein bekannter Buchautor der Krimireihe "Duke" ist, wo es um diese Zeit warm ist und bekomme ein paar nützliche Tipps. Im Internet findet sich alles mögliche dazu, aber ich habe dabei keinen Durchblick. Maik schaut sich ebenfalls etwas um, ist allerdings eher unschlüssig und will sowieso mir die Entscheidung überlassen. Es ist sehr unübersichtlich, was man auf den Seiten der Reiseveranstalter findet und ich habe keine Geduld für so etwas. Da fällt mir eine Kundin unserer Verlages ein, die ein Reisebüro hat. Ich schreibe ihr und vereinbare gleich einen Termin für morgen.

Sie ist gut vorbereitet und unterbreitet mir neun Angebote. Spanien, Ägypten und Dubai, also die Arabischen Emirate, sind mit dabei. Mein Favorit ist Spanien, aber im Hinterkopf höre ich Maik, wie er mal sagte, dass sein größter Traum sei, nach Dubai zu fliegen. Also zögere ich nicht lange und buche für uns beide eine Woche Urlaub in einem Luxusresort, ein Stück außerhalb von Dubai, direkt am Meer. Die Anlage besteht aus vielen kleinen hellen Gebäuden im typisch arabischen Stil. Dazwischen sind Pools, Bars und das unendlich schöne warme Meer. Die Dame vom Reisebüro weißt mich noch darauf hin, dass ich All-inclusive buchen soll. In den Emiraten gibt es nicht wirklich Alkohol und wenn, ist er sehr teuer. Bei All-inclusive hat man das gesamte Essen sowie den ganzen Tag Getränke, bis hin zu Wein, Bier und Cocktails mit dabei. Perfekt also für Maik, es ist dort sicher für ihn wie im Paradies.

Ich gebe ihm die Info, dass er am 4. Februar früh 5 Uhr am Flugplatz am BER in Berlin sein muss und unsere Freude steigt ins Unermessliche. Ich besorge mir noch online ein Visum, da ich ungarische Staatsbürgerin bin und ich dieses für die Einreise benötige. Zusätzlich schließe ich für den Zeitraum für uns bei einem lieben Bekannten eine Auslandskrankenversicherung ab.

Ich bin wieder zu Hause, sitze gerade auf der Couch und will damit den Tag beenden, als plötzlich Maik am Telefon ist. Laut höre ich seine Anweisung, jetzt genau das zu tun, was er sagt. Er bittet mich, mir Schuhe anzuziehen, weil er weiß, dass ich zu Hause meist barfuß bin – und möchte, dass ich bis zum Gartentor vorlaufe. Dort soll ich mich meinem Auto zuwenden. Ich habe ihn noch am Hörer, während ich seinen präzisen Anweisungen weiter folge.

An meinem Auto, welches auf der Straße parkt, entdecke ich zwei Kisten. Eine größere und eine etwas kleinere. Was für ein verrückter Typ. Was hat er sich jetzt wieder einfallen lassen? Ihn immer noch am Telefon frage ich, wo er ist. Etwas gestresst antwortet er, dass er keine Zeit hat und eigentlich gar nicht aus der Entgiftungsklinik raus darf. Ihm war es ein riesiges Anliegen, mir dieses Geschenk zu bringen. Tränen der Freude laufen mir über das Gesicht und ich reiße das große Paket direkt auf der Straße auf.

Was ich erblicke, kann ich kaum mit Worten beschreiben. Ich weine und weine und kann meine Gefühle nicht mehr steuern. Ich rufe ihn schluchzend an und er erzählt während er im Auto fährt, dass er bei der Ergotherapie in der Entgiftung ein Bild malen sollte, wobei er sich erst geweigert hat. Aber da ich Gemälde über alles liebe – mein eher chaotisches Haus ist schließlich voll davon – habe ich überall Kunstwerke hängen, die meist spärlich bekleidete menschliche Körper zeigen. Aus dieser Eingebung heraus hat er sich doch überwunden, für mich dieses Bild anzufertigen. Nun wollte er es mir unbedingt schenken, sofort, ohne zu warten. Dazu hat ihn nichts aufgehalten – nicht mal das Verbot, keinen Ausgang zu haben. Trotzdem hat er sich auf den Weg zu mir nach Berlin gemacht, was ihn immerhin fast zwei Stunden Fahrzeit kostet.

Auf seinem Werk sind mehrere bunte Kreise zu sehen, die durch große schwarze Linien und Flecken ihre Dynamik finden. Da Maik das Gemälde zu früh hochkant aufgestellt hat, während die Farbe noch nicht ganz trocken war, sind die schwarzen Farbflecken verlaufen und es entstand eine Struktur, die wie ein übergroßer Absatzschuh aussieht. Es könnte also einer meiner Schuhe sein, was er mir sofort am Telefon erzählt. Das Bild hat was von echter Kreativität, direkt aus seinem Gefühl heraus und beeindruckt mich sehr. Es ist eine Momentaufnahme, die nur zu diesem Zeitpunkt geschehen konnte und damit etwas Einzigartiges ist. Wie konnte er so etwas malen? Es fasziniert mich unendlich. Immer noch unter Tränen laufe ich mit dem Bild, welches ich ganz fest an mich drücke, zurück ins Haus und taufe meinen Casanova nun auf Picasso. Sofort schreibe ich es Chris und erzähle ihm davon. Gemeinsam tauschen wir dazu unsere Gefühle aus und ich bin dankbar, Chris an meiner Seite zu haben. Er fängt mich immer wieder auf und bringt mich auf den Boden zurück. Das tut gut.

Maik ist mittlerweile wieder in Teupitz und ich habe das zweite Paket von ihm geöffnet, in dem sich ein Hamburger, ein paar Chickenwings sowie eine Portion Pommes befinden. Obwohl ich kein Fan von Fastfood bin, esse ich es komplett auf. Maik weiß, dass ich alleine kaum etwas zu mir nehme und da ich sowieso nicht für mich alleine koche, bemüht er sich ständig, mich dazu zu ermuntern, mich sinnvoll zu ernähren. Meine Tränen kann ich nicht stoppen, die Situation ist extrem emotional und ich würde ihn jetzt so gern im Arm halten und spüren.

Die nächsten Tage vergehen, das Bild von ihm hat einen wunderschönen Platz an der Wand im Esszimmer gefunden, von wo ich es immer sehe und an ihn denke. Ich fotografiere es ab und lasse mit diesem Motiv für Maik ein T-Shirt herstellen. Dieses werde ich ihm bei Gelegenheit geben.

Mittlerweile ist die Zeit gekommen und Maik kann die Klinik in Teupitz verlassen. Er freut sich auf sein Zuhause, was nun schon fast bewohnbar ist. Wir kaufen noch eine Waschmaschine und einen Fernseher. Dieser allerdings kann nicht benutzt werden, da er keinen Anschluss hat und Internet ebenfalls nicht. Immerhin geht mittlerweile der Strom wieder. Die Rechnung wurde bezahlt und der Zugang ist wieder freigeschaltet.

Maik verbringt nun wieder etwas Zeit bei sich zu Hause und ist im Dorf das absolute Gesprächsthema. Jeder wundert sich über sein Auto, also meinen Landrover, den er zur freien Verfügung nutzen kann, und über seinen Lebensstil. Noch macht er ein Geheimnis aus unserer Verbindung und erfindet immer wieder eine Lügengeschichte. Egal, wo er auftaucht, staunt man nicht schlecht über den Wandel, den er vollzogen hat. Ständig fragt man ihm nach dem imposanten und sehr auffälligen Fahrzeug, wozu er schmunzelnd die passende Antwort parat hat, dass er nun unter die Drogendealer gegangen ist oder er es geklaut hat. Solche Antworten amüsieren ihn und er freut sich über die erstaunten Gesichter. Ihm ist klar, dass über ihn sich alle das Maul zerreißen und wilde Theorien im Raum stehen. Oft wird er angesprochen, wie es ihm geht, wobei er sich betont lässig gibt und gern den Spekulationen noch eins drauf setzt. Seiner liebsten Bekannten Rita beichtet er irgendwann, wie er mich kennengelernt hat und was wirklich zwischen uns ist. Diese kann das alles nicht verstehen und gibt ihm zu bedenken, sich vor mir in acht zu nehmen. Trotzdem ist sie immer für Maik da, macht seinen ganzen Papierkram und hilft ihm in der Wohnung. Das alles erzählt er mir und wir tauschen immer mehr private Sachen aus. Meine Bankkarte ist bei ihm nun regelmäßig in Benutzung. Er hat den Zugangscode zu meinem Haus und kann jederzeit kommen und gehen wann er will. Dies nutzt er gern, zumindest wenn er wieder in Berlin ist und sich Kokain reingezogen hat. Dann kommt lediglich irgendwann in der Nacht eine Nachricht bei mir am Handy, dass er Scheiße gebaut hat und in fünfzehn Minuten mit dem Uber-Taxi bei mir ist.

Mit den Drogen das ist nicht gut, aber das Vertrauen, dass er es mir sagt und dann zu mir kommt, macht mich glücklich. Es zeigt, dass er sich weiter mir öffnet und nur so kann ich ihm helfen oder zumindest für ihn da sein und immer mehr verstehen. Die Tage nach einem Kokainkonsum geht es ihm oft schlecht, ihm ist schwindlig, er schwitzt und ist geschafft. Er ist wie aufgedreht und schlafen kann er nicht. Seine Nase blutet ständig, allerdings auch dann, wenn er keinen Stoff nimmt. Sein Allgemeinzustand ist überhaupt nicht immer gut. Es klingt jetzt von mir etwas egoistisch, aber ich bin froh, das er bei mir ist. Es ist ein verdammt gutes Gefühl, für ihn da zu sein. Ich versorge ihn mit Essen, habe immer genügend Havanacola im Haus, creme ihn gern an seinen aufgekratzten Wunden ein und verabreiche zärtlich mal eine Fußmassage, die er besonders mag und mich immer wieder auffordert, weiter zu machen. Wie immer läuft der Fernsehen in Dauerschleife. Bei einer bestimmten Serie kommt beim Vorspann eine Musik, bei der Trompetentöne erklingen. Jedes Mal simuliert Maik mit seinen Händen, als ob er die Melodie selbst spielt. Er lässt es niemals aus und ich amüsiere mich über seine gute Laune. Die Erfolgsaussicht in Hinsicht vom Drogenkonsum halten sich von der letzten Entgiftung allerdings eher in Grenzen.

Der Januar geht so vor sich hin. Am 20. hat mein Sohn Daniel Geburtstag und er möchte nicht feiern, er möchte niemanden sehen, einfach mit sich allein sein. Ich verstehe ihn, weiß aber nicht, wie ich mich verhalten soll, schließlich bin ich seine Mutter. Ich könnte nach Ungarn hinfliegen, buche wieder mal einen Flug. Aber schaffe ich das? Nein, ich glaube nicht. Ich erzähle Maik davon, wir reden darüber. Er kuckt mir tief in die Augen und sagt, mach was dein Herz fühlt. Du machst doch sonst auch immer, was du denkst, tust oft genau das Gegenteil und es ist immer richtig. Warum nicht jetzt. Ich fahre dich hin, jederzeit, höre ich ihn sagen. Ich blicke auf und weiß, das ist der richtige Weg. Tränen laufen über mein Gesicht, wieder hat er genau gewusst, was meine inneren Empfindungen sind und zieht es ohne zu zögern durch. Ich freu mich, ihm mein zweites Zuhause zu zeigen, ihn in meine Welt eintauchen zu lassen. Ihm das Land der Sonne zu zeigen, auch wenn er sagt, dass er es sicher nicht mögen wird. Glücksgefühle überströmen mich. Wir köpfen eine Flasche Weißwein und genehmigen uns eine Flasche Küstennebel. Dann öffnen wir mein Ipad und spielen die ganze Nacht online Poker. Ich kenne das Spiel nicht. Maik ist allerdings wirklich gut darin und erklärt mit jeden seiner Schritte und auf was ich achten muss. Man spürt seine Dynamik, die er dabei entwickelt. So langsam finde ich mich in das System ein und wir prosten uns jedes Mal mit einer Ghettofaust zu, wenn wir ein paar Euro gewonnen haben. Das passiert ziemlich oft und wir können uns am Ende sogar einen kleinen Betrag als Gewinn auszahlen lassen. So sitzen wir bis früh drei Uhr vor dem Laptop, hören laut Maiks Lieblingsmusik wie "Die Lampe aus den Siebzigern" und verbringen einen traumhaft schönen Abend. Die Papageien finden die Musik ebenfalls gut, denn sie machen ihre typischen Geräusche dazu. Mittlerweile haben die den Nachrichtenton von Maiks Handy gelernt und können diesen in Dauerschleife wiedergeben.

Maik hat sich mit Gustav und Öcsi angefreundet und getaut sich sogar den Käfig zu öffnen, um den beiden Vögeln Obst direkt in den Schnabel zu geben. Diese nehmen es dankbar an und Öcsi lässt sich von Maik am Bauch streicheln. Besonders verblüfft Maik, dass die beiden wirklich richtig sprechen können. Jeden Abend, wenn es ins Bett geht, wird eine Decke über den Käfig geworfen, damit sie ungestört schlafen können. Dabei bedankt sich Gustav höflich und wünscht eine "gute Nacht".

Nun freue ich mich auf die nächsten Tag, denn es geht bald in Richtung meiner Heimat.

UNGARN Januar 2025

Ich bereite ein paar belegte Brote vor, besorge an der Tankstelle einige Dosen Havanacola und packe meine Sachen zusammen. Ich buche ein Hotel, zwei Dörfer weiter von meinem Zuhause in Ungarn und um 14 Uhr sitzen wir nebeneinander im Landrover und brausen mit 200 Sachen über die Autobahn. Maik fährt gut und sicher und ich habe grundsätzlich bei seinem Fahrstil keine Angst. Im Radio läuft "Leuchtturm" von Nena und ich fühle mich wie in einem unrealistischen Film. Überhaupt spielt er in letzter Zeit relativ oft dieses Lied und ich bin mir nicht sicher, ob er es für mich anmacht um mir seine Zuneigung zu zeigen und damit zu sagen, dass er mit mir auch bis an Ende der Welt gehen würde. Wir reden, lachen, trinken Havanacola und hören noch weiter andere Musik. Für mich hat er kleine Flaschen Weißwein besorgt. Maik hat keinen Ausweis dabei, da seiner abgelaufen ist, aber das ist uns egal. Der neue Ausweis ist bereits beantragt und kann nächste Woche abgeholt werden, also genau dann, wenn bald unsere Reise nach Dubai startet. Wir passieren Prag, Bruno, Bratislava und dann ist da die Grenze nach Ungarn. Es ist schon dunkel, Schnee fällt und Maik kann nicht sehen, wie mir vor Glück die Tränen aus den Augen kullern. Ich hätte niemals mir träumen lassen, dass dies passiert, dass wir gemeinsam nach Ungarn fahren. Ich möchte gern wissen, was bei Maik gerade im Kopf vorgeht. Er sieht entspannt aus und wundert sich über die Umgebung. Die Straßen sind total leer und er fragt sich, ob wir irgendwie im Niemandsland sind. Kahle Felder, weite dunkle Wiesen und dichte Wälder prägen die Landschaft. Ich gebe es ungern zu, aber ich liebe diesen Mann der hier neben mir sitzt. Auch wenn wir es uns nicht eingestehen wollen, wir haben uns gesucht und gefunden. Am späten Abend kommen wir im Hotel an. Natürlich habe ich Maik vorher gesagt, dass es dort schon so etwas wie das Ende der Welt ist. Dann passt ja wieder Nenas Lied ganz gut dazu. Er ist tatsächlich mit mir ans Ende der Welt gefahren. Es sind die letzten Orte vor der serbischen und rumänischen Grenze und wirklich ein Landesteil, in dem oft die Stille die Stimmung prägt. Man muss es mögen, um dort zurecht zu kommen.

Ich fühle mich gut und bin wieder mal im freien Fall. Im Hotel hat alles schon geschlossen, also kein Essen und kein Trinken, nur die Rezeption ist besetzt. Wir fahren noch zu einer kleinen Tankstelle mit Shop, die sich genau gegenüber dem Hotel befindet und kaufen ein paar Kleinigkeiten wie Wein, Schokolade, eine Flasche Schnaps und ein paar Brötchen ein. Das Zimmer ist gemütlich und hat alles was man braucht. Wir kuscheln uns ein, trinken eine Flasche Wein aus und schlafen irgendwann in den Morgenstunden ein.

Der Tag erwacht und ich fühle mich großartig. Endlich wieder zu Hause, in dem Land, was ich liebe, was mein Leben ist. Wo es noch lebenswert ist. Hier ist auch nicht alles aus Gold, aber ich habe das Gefühl, ich gehöre hierher und ich will es Maik zeigen, ich will ihm beweisen, dass man auch anders Leben kann als in den engen Strukturen wie in Deutschland, wo alles vorgeschrieben ist.

Heute ist Daniels 28. Geburtstag und ich freu mich darauf, ihn zu sehen. Maik bleibt im Hotel und wird sich ausschlafen. Kurz hinter Prag hat übrigens unser Auto gemeldet, dass die Bremsen verschlissen sind. Da wir nicht in Deutschland sind, ist das natürlich kein Problem. Daniel hat sich sofort darum gekümmert, sich erkundigt, wie lange wir damit noch fahren können und dann sofort im Nachbarort in einer Werkstatt einen Termin ausgemacht, die die Bremsbeläge innerhalb eines Tages tauschen werden. Also treffe ich mich gegen Mittag mit Daniel vor der Werkstatt, umarme ihn lange und gratuliere ihm zum Geburtstag. Gemeinsam fahren wir mit seinem Auto zu uns nach Hause. Extreme Glücksgefühle überkommen mich. Maik hat ebenfalls schon angerufen, liegt noch im Bett, spielt Poker am Ipad und genießt die kleine Auszeit. Naja, eigentlich hat er irgendwie immer Auszeit, da er nicht arbeiten geht, weil er auf der Liste für den Therapieplatz steht. Niemand würde ihn unter diesen Voraussetzungen eine Festanstellung geben und Maik selbst würde es sicher nicht wollen. Er kann sich schlecht unterordnen und wäre am besten aufgehoben, wenn er sein eigener Chef wäre. Zehn Jahre lang hat er in Golßen in der Gurkenfabrik als Gabelstaplerfahrer gearbeitet, was ihm gut gefallen hat, auch wenn er es da mit den Arbeitszeiten nicht immer so ernst nahm. Nun soll die Firma teilweise geschlossen werden, Mitarbeiter werden entlassen. Im Ort gibt es Proteste und Maik macht sich viele Gedanken dazu, liest oft die Berichte und schaut sich Videos an. Ich glaube, diese Entwicklung dort schmerzt ihn.

Derzeit lebt Maik von Hartz IV und von mir, was mich nicht stört. Ich teile gern und gebe gern etwas zurück. Ich hatte viel Glück in meinem Leben und wozu ist das Geld sonst da, wenn man es nicht ausgibt. Daher genieße ich es, es mit Maik auszugeben. Alles ist so schön, mein Leben läuft gerade in eine gute Richtung. Maik hat zwei große Kisten mit eingelegten Gurken besorgt, die ich mit nach Bócsa nehme und meine Kinder dankend annehmen und sofort ein Glas als Kostprobe öffnen. Ich verbringe einen wundervollen Tag mit meinen Kindern, wir reden viel, lachen, weinen und zum Kaffee haben Leon und Britta für Daniel eine wunderbare Torte gebacken. Am Abend fahre ich zurück ins Hotel und verbringe eine Nacht mit vielen Glücksgedanken mit Maik. Wir reden etwas, trinken noch das eine und andere Glas Wein und schlafen friedlich ein. Ich bin verdammt glücklich. Schön wäre es, wenn jetzt die Zeit stehenbleiben würde. Einfach so! Und dann kommt mir in den Sinn, dass wir in vierzehn Tagen in Dubai sind. Es ist einfach alles so unrealistisch und dieser Mann ist einfach überirdisch. Einfach spontan, ohne große Worte. Schade, dass er nicht weiß, wie wunderbar er ist. Mit diesen Gedanken schlafe ich neben ihm glücklich ein.

Der Morgen beginnt mit einem gemütlichen Frühstück im Hotel. Im Radio läuft das Lied "Sound of Silence" und Maik weißt mich sofort darauf hin, dass es mein Lieblingslied ist. Komisch, dass er es sich gemerkt hat. Ich dachte, er hört gar nicht zu, wenn ich wieder mal zu viel rede. Wir unterhalten uns über Ungarn, ich erzähle ihm einiges von der Gegend, wie heiß es hier im Sommer ist und es wochenlang über 40 Grad sein kann. Ich berichte, dass es ein großes Weinanbaugebiet ist. Natürlich möchte er auf dem Rückweg 50 Liter Wein mit nach Berlin nehmen, welchen er unter seinen Freunden aufteilt.

Den Nachmittag verbringe ich mit meinen Kindern, wir lachen, weinen und sind einfach zusammen. Am Abend gehe ich mit Maik in ein typisch ungarisches Restaurant zum Essen. Er hatte ebenfalls einen schönen Tag, hat etwas geschlafen, war sogar kurz im Thermalbad, welches sich genau hinter dem Hotel befindet und sagt von sich selbst, dass er kein Suchtempfinden nach Drogen hat. Wir genießen das leckere ungarische Gericht, wobei wir genau neben einem aus Holz beheiztem Kamin sitzen. Es ist schön warm, Maik fühlt sich gut, wir sind zusammen. Es sollte nicht enden. Und so entschließen wir uns, noch in Richtung Balaton zu fahren und ein paar Tage unseren Reiseplan zu verlängern. Dort in der Nähe haben meine Schwester und ich ein Haus gekauft, was gerade von meiner Freundin Heike und ihrem Mann Jens renoviert wird und wir ebenfalls noch ansehen werden.

So reisen wir mit super guter Laune ab und haben uns für zwei Nächte in einem Hotel am Balaton eingebucht. Die zweistündige Fahrt ist wieder so magisch, ich liebe es mit dem Mann im Auto zu sitzen, über die Landschaften zu brausen, laut

Musik zu hören und einfach das Freiheitsgefühl zu spüren. Nichts spielt eine Rolle, egal wo uns der Weg hinführt. Während der Fahrt trinkt er seine typische Rumcola und redet über die Dinge des Alltags, telefoniert mit Freunden und erkundigt sich nach dem Befinden seiner Mama. Ich sehe seine gute Laune und seine Vorfreude auf die nächsten Tage. Er liebt es, wenn das Leben spontan in Bewegung ist und wir unbekümmert Dinge tun können, die wir einfach so aus dem Bauch heraus entscheiden. Es einfach so nehmen, wie es kommt und sehen, was daraus wird.

Bei der Ankunft am Balaton staunen wir nicht schlecht. Das neungeschossige Hotel erstreckt sich genau am Ufer des Sees. Ich wünsche mir ein Zimmer in der obersten Etage und bekomme es. Wir haben einen kleinen Balkon, von dem aus wir genau einen Blick auf das Wasser haben. Wieder mal wird ein Traum wahr, hier könnte ich für immer bleiben. Wir werfen unsere Sachen auf den Boden und machen uns auf zum Restaurant, was sich unten im Hotel befindet. Wir sind die einzigen Gäste und genießen diese Ruhe. Es ist alles so unrealistisch.

Wir zwei hier, zwei eigentlich Fremde, der Drogen-
maik und die durchgeknallte Geschäftsfrau. Auch
wenn wir so gegensätzlich sind, mag uns jeder. Vielleicht gerade deshalb? Weil wir außer der Norm
sind? Immer das tun, was man nicht tun sollte?
Oder warum? Nach dem Essen ist ausruhen angesagt und die Stille genießen. Wie immer bekommt
Maik am späten Abend Hunger. Also fahre ich mit
dem Lift runter zur Rezeption und frage natürlich
auf Ungarisch nach, da es ja meine Heimatsprache
ist, die ich perfekt spreche, ob wir noch etwas zum
Essen bekommen können. Das ist hier alles kein
Problem, ein paar Cocktails packt der Kellner ebenfalls noch aufs Tablett und bringt alles, mit mir
gemeinsam, uns aufs Zimmer. Eine Nacht wie im
Paradies beginnt. Wir essen, trinken, lachen und
sind einfach zusammen. Das Leben könnte nicht
schöner sein.

Die folgenden zwei Tage verbringen wir entweder
auf dem Balkon, beim Essen oder an der Bar, wo uns
schon jeder kennt. Wir müssen gar keine Bestellung
mehr aufgeben. Wenn die Barjungs und sehen, gibt
es von Maik nur ein Handzeichen und schon bekom-

men wir unsere Getränke, die meist aus Cocktail oder Martini bestehen. Die Zeit ist wie im Flug weg und wir hängen noch zwei weitere Tage dran, gehen für ein paar Stunden in den Wellnessbereich und machen eine kleine Einkaufstour, bei der sich Maik einige lässige Klamotten sowie neue Schuhe kauft. Zwischendurch fahren wir noch nach Marcali unser Haus ansehen, was wirklich sehr nett ist und viel renoviert wurde. Ich sehe es zum ersten Mal, da meine Schwester es gekauft hatte, gerade da, als mein Mann verstoben ist. Jedenfalls hat sie alles richtig gemacht und ich bin glücklich. Maik sieht mich zärtlich an und fügt dazu, dass er nun wieder mal Hunger hat. Also machen wir uns in die nächste Metzgerei im Ort auf, wo er sich eine typisch ungarisch gebratene fettige Bratwurst gönnt.

Der Tag der Abreise zurück nach Berlin naht, da unsere Reise nach Dubai bald startet. Ich freu mich darauf, auch wenn ich nicht weiß, was mich dort erwartet. In einem Land, von dem man kaum etwas kennt. Sechs Stunden Flug liegen vor uns. Die Abreise von Ungarn fällt mir sehr schwer, innerlich kämpfe ich mit den Tränen, tiefe Traurigkeit macht sich breit. Wir fahren noch bei meinen Kindern vorbei, die 50 Liter Wein sind verstaut und wir haben noch ein paar Geschenke wie Honig und scharfes Paprika auf dem Markt in Kiskörös gekauft. Dort war die Wiedersehensfreude groß und ich habe alle alten Bekannten getroffen. Ein schönes Gefühl, mit so viel Liebe empfangen zu werden.

Nun jedenfalls geht es in Richtung Berlin und ich bin sehr traurig. Möchte am liebsten bleiben. Hier in der Welt von Freiheit und Liebe. Oder wie der Barmann aus dem Hotel sagte: "Ich möchte das Lebensgefühl der Ungarn mit nichts auf der Welt tauschen". Ja, da stimme ich ihm zu. Deutschland macht aggressiv, die schlechte Laune, die grauen Leute, die ständige Überforderung, der ewige künstliche Stress, die sinnlosen Regeln, die keinem etwas nützen. Der übermäßige Aktionismus vom ständigen Laubrechen bis hin zum Mülltrennen, der am Ende sowieso gemeinsam verbrannt wird. Alles Heuchlerisch und alle machen mit. Warum merkt es niemand? Wenn man darüber nachdenkt, weiß man, warum so viele Verbrechen in Deutschland geschehen konnten und können.

BERLIN Januar 2025

Kurz hinter Bruno geht es Maik plötzlich nicht gut und wir tauschen die Plätze. Ich fahre den Rest bis Berlin. Ich kuschel ihn in eine Decke ein und er schläft zwei Stunden, anschließend scheint er wieder halbwegs fit zu sein. Bei Tempo 160 auf der Autobahn fragt er mich, ob ich etwas seinen Schwanz massieren könnte. So öffnet er seine Hose und während ich mit der linken Hand das Lenkrad halte, versuche den Verkehr zu beachten, massiere ich mit der rechten Hand seinen festen dicken Penis der sich kurze Zeit später über meiner Hand mit seinem warmen Saft ergießt. Ein geiles Erlebnis, was uns beiden gut tat. Nach insgesamt neun Stunden Fahrt erreichen wir Berlin und ich möchte am liebsten nicht aus dem Auto aussteigen. Bitte kann nicht etwas passieren, dass ich nicht hier bin? Aber es nützt nichts. In ein paar Tagen geht es nach Dubai. Immerhin ein Lichtblick. Aber wer weiß, was mich da erwartet bei den "Haubentauchern", wie Maik sie nennt, weil da viele der Männer dieses komische Tuch mit dem Ring auf dem Kopf tragen.

Ich trinke noch ein Glas Wein, Maik mittlerweile die vierte Havanacola und dann schlafen wir etwas.

Die nächsten Tage wird Maik bei sich allein zu Hause verbringen und erst am Vorabend des Fluges zu mir kommen, damit wir früh gemeinsam zum Flugplatz los starten. Ich wasche meine Sachen, packe wieder mal meine Tasche, versorge die Tiere und bin eigentlich ganz entspannt. Wird Maik pünktlich da sein? Ich hoffe es. Wenn nicht, dann ist es so, es ist Schicksal. Am Vortag der Abreise schreibe ich alle zwei Stunden ihm irgendwas Sinnloses, nur um zu sehen, dass er anwesend ist. Es kommt immer eine Antwort, aber sehr einsilbig und mich beschleicht ein komisches Gefühl.

Dann am Abend vor dem Abflug die Erlösung, er steht in der Tür, bei mir. Aber der Blick in sein Gesicht verrät nichts Gutes. Er fängt an zu erzählen, dass er beim Packen der Tasche eine Kapsel Kokain ganz unten in einer Ecke seiner Reisetasche versteckt gefunden hat und die sich reingeballert hat. Er konnte nicht anderes, es war wie ein Zwang. Das ist jetzt drei Stunden her und wie sich das auswirkt, kann man nicht wissen. Wir beschließen uns hinzulegen und gegen drei Uhr in der Nacht zu sehen, wie es ihm geht. Schließlich müssen wir sehr zeitig am Flugplatz sein. Ich habe keine Emotionen, ich weiß, es ist wie es ist. Ich bin nicht sauer, dafür habe ich ihn zu gern. Zusammenhalten ist die Devise, egal worum es geht. Vorwürfe bringen nichts. Das beste daraus machen. Er redet noch eine ganze Zeit lang, über sein Leben, über die Drogen, über die Abstürze. Es sind immer nur Bruchstücke, die ich schwer kombinieren kann. Um das alles zu verstehen, kenne ich ihn zu kurz. Er erzählt immer wieder von seinen alten Zeiten, von Nutten, mit denen er sich getroffen hat und den wilden Sexerlebnissen, die er dabei hatte. Immer wenn er Stoff genommen hat, war ihm oft nach einer geilen Fotze, die er spüren wollte. Dann traf er sich mit fremden Frauen, ficken war ihm wichtig. Nutten sind überhaupt ein Thema bei ihm. Schon vorher kam es immer wieder zur Sprache. Ich reagiere darauf nicht. Weiß ja selbst wie es ist, wenn man geil ist. Dann ist einem alles egal, man will es nur wissen. Es geht nur um ein schnelles kurzes Vergnügen, was meist nur ein paar Minuten dauert. So geht es ihm wohl auch. Allerdings würde ich ihm gern mal die richtige Liebe zeigen, sich lange streicheln, verschiedene Stellungen ausprobieren und vom anderen den ganzen Körper ertasten und sich ausgiebig, das kann einige Stunden dauern, fühlen. Heute mal, nach seinem eigenen Redeschwall, schläft er irgendwann ein. Um zwei Uhr in der Nacht werde ich wach und beim Blick auf Maik wird mir klar, Dubai kann ich vergessen. Ich hole ihm etwas zu trinken, kuschel mich an seine Schulter, lege das Plüschtier zwischen uns und sage, dass wir jetzt so lange liegen bleiben, bis es ihm gut geht. Den Wecker stelle ich aus, schließe meine Augen und schlafe tief und beruhigt ein. Mich überkommt kein Ärger, keine Wut. Ich bin froh, dass wir zusammen sind. Alles andere ist egal. Mit diesen Gedanken wachen wir gegen Mittag auf. Maik geht es besser, aber einen sechsstündigen Flug hätte er nie durchgehalten. Ihm tut es unendlich leid, ich glaube er würde alles auf der Welt dafür geben, das rückgängig zu machen.

Wir einigen uns darauf, nicht darüber zu reden. Diese Methode ist mittlerweile zu unserem Ritual geworden. Wenn etwas schief läuft, dann sagen wir, dass wir einfach einen Strich drunter machen und neu anfangen. Das hat sich bewährt und macht das Leben einfacher. Versucht es auch mal. Man muss nicht alles zerreden und wieder aufwärmen. Es bringt nichts. Jedenfalls fahren wir damit ganz gut. Auch diesmal.

PRAG Februar 2025

Denn Maik schlägt vor, dass wir vielleicht einfach drei Tage nach Prag fahren. Das bekommt er hin und ist nicht so weit. Wir können uns die Stadt ansehen, Essen gehen und die Dubaizeit damit etwas verdrängen. Dann schlägt er noch vor, danach ein paar Tage an der Ostsee zu verbringen. Ich freu mich und da wir eh schon unsere Taschen für Dubai gepackt haben, sitzen wir zwei Stunden später im Auto auf den Weg nach Prag. Meinem Sohn Andreas habe ich Bescheid gegeben, er kümmert sich um die Tiere, die übrigens sehr selbständig sind und keine Rundumbetreuung benötigen.

Während der Fahrt habe ich ein schönes Hotel in der Innenstadt von Prag gebucht und freu mich über die spontane Entscheidung. An der nächsten Tankstelle gibt es noch ein paar Havanacola für unterwegs und dann brausen wir schon mit 200 Sachen über die Autobahn, es läuft laute Musik, es ist wie ein Rausch, der von meiner Seite her niemals enden sollte.

Nach drei Stunden sehr temporeicher Fahrt erreichen wir die goldenen Stadt und bahnen uns einen Weg durch die sehr belebten Straßen. Es ist alles da, was zu einer Großstadt gehört. Menschenmassen, Autoschlangen und ein unendliches Wirrwarr. Aber es spielt keine Rolle, ich habe Maik an meiner Seite, Musik läuft wieder auf vollen Touren. Uns geht es einfach gut. Ich liebe es und tauche sofort in die Stimmung der Großstadt ein. Das Hotel liegt mitten in der Altstadt zwischen schönen großen anmutenden alten, leicht heruntergekommenen Häusern. Beim Betreten der Hotelhalle schlägt uns der edle Charme vergangener Zeiten gemischt mit exklusiver Moderne entgegen. Ich fühle mich sofort wohl. An der Rezeption versuche ich mit meinem brüchigem Englisch dem Mann klar zu machen, dass wir gern ein Zimmer in der obersten Etage haben möchten. Laut diesem an der Rezeption ist da eigentlich nur eine Suite verfügbar. Nach einem kurzen Augenkontakt zwischen mir und dem Rezeptionsmann blickt er mich tief an und sagt, dass er mir die Suite zu unserem normalen Zimmerpreis geben wird, obwohl wir diese nicht gebucht haben. Es ist das schönste Zimmer im ganzen Hotel und das einzige mit Balkon. Mit Erstaunen frage ich ihn, warum das? Und er antwortet prompt: "Why not?" Ich bin sprachlos, akzeptiere es aber. Maik würde am liebsten erstmal die Bar stürmen, doch wir entscheiden uns, vorher unser Gepäck ins Zimmer zu bringen und fahren mit dem Lift in die fünfte Etage.

Was uns da erwartet, verschlägt uns wieder mal die Sprache. Die Suite ist in edlem rot und schwarz gehalten. Sie besteht aus zwei Zimmern. Eines hat eine große breite Couch, einen modernen Sessel und Fernseher. Das Zimmer daneben ist das Schlafzimmer mit einem breiten Bett und ebenfalls einem großen Fernseher. Alle Zimmer haben bodenhohe Türen über die gesamte Wandbreite, durch die man auf den

Balkon gelangt, der sich ebenfalls über die gesamte Breite der Suite erstreckt. Das beste an allem ist, es gibt eine Badewanne, in die sich Maik sofort begibt. Vorher reiht er auf der Erhöhung des Randes am Bett seine gesamten Unterhosen zum Trocknen auf, da diese zwar gewaschen sind, aber wir keine Zeit mehr hatten, diese noch in den Trockner zu tun. Seine Unterhoseninstallation gibt ein sehr lustiges Bild ab. Das wird am nächsten Tag die Putzfrau sicher amüsieren, denn wie ich Maik kenne, hängen die dort bis zu unserer Abfahrt. Warum wir dieses wahnsinns Zimmer bekommen haben, weiß ich nicht, aber es ist einfach ein Traum. Ich ziehe mich bis auf Schlüpfer und Unterhemd aus und setzen mich auf den Balkon. Dort lege ich meine Füße auf das Geländer hoch und lasse mich von der Sonne verwöhnen, obwohl es draußen nun sechs Grad warm oder besser gesagt kalt ist. Wieder mal könnte die Zeit stehen bleiben. Irgendwie ziehe ich das Glück magisch an, zumindest scheint es mir so. Hunger haben wir nicht wirklich viel, daher begeben wir uns nach Maik seiner längeren Badeaktion nebenan zu einem Mexikaner und essen eine Kleinigkeit und trinken dazu natürlich Weißwein und Rumcola. Am Ende lassen wir uns noch zwei Portionen Chickenwings für die Nacht einpacken. Der Rückweg endet wie erwartet an der Hotelbar, wo wir Cocktails, Rumcola und eine Menge Jägermeister fließen lassen. Ich weiß nicht wie viele es sind und verliere komplett die Kontrolle. Die Nacht ist lang und die Getränke zu viel. Ziemlich zu viel.

Früh beim Erwachen stelle ich fest, dass ich nackt im Bett der Suite liege. Neben mir sind ein Stuhl und ein Eimer aufgebaut. Am Boden liegen die leeren Packungen der Chickenwings. Gerade da kommt Maik aus dem Nebenzimmer und berichtet davon, wie er mich hochgebracht hat, dann mit viel Mühe mich ausgezogen und seitlich hingelegt hat, weil ich immer wieder sagte, wie übel mir wäre.

Ich habe daran keinerlei Erinnerung, hatte wohl ein komplettes Blackout. Er hat die ganze Nacht auf dem Stuhl neben dem Bett gesessen, um auf mich aufzupassen und zu reagieren, wenn was ist. Er wundert sich sehr, dass ich mich bis jetzt nicht bewegt habe und er sogar etwas Angst hatte, dass mit mir etwas wäre. Nochmal betont er, dass es nicht so leicht war, das enge Kleid von meinem Körper zu bekommen und erzählt mit ganz zärtlicher Stimme, dass er lange meine Haare am Kopf gestreichelt hat. Ich weiß nicht, warum er das so betont. Er will damit wohl sagen, dass er für mich da war und immer da sein wird. Ich schließe noch für einige Zeit meine Augen und genieße diese zärtlichen Gesten von ihm. Wieder denke ich mir, was ist das zwischen uns? Ist das Liebe? Ich kann es nicht zuordnen. Mein Herz macht wieder einen kleinen Sprung.

Als ich ganz wach bin, berichte ich Chris davon und erzähle ihm von der Zuneigung. Überhaupt tausche ich nach wie vor alles mit Chris aus, er hört mir immer zu, ist immer für mich da. Ich sage Chris oft, dass ich ihn liebe, ganz in meinem Herzen. Heiko dagegen suggeriere ich, wie ich im Stress mit der Arbeit bin. Zum Glück versteht er es und unterstützt mich. Ich fühle mich nicht immer wohl, ihn zu belügen. Allerdings ist er selbst daran schuld. Ich kann sein Busgequatsche nicht ertragen. Er redet immer nur von sich, von seiner Arbeit, von seinen Kollegen, zeigt mir Fotos von alten Busen und

Straßenbahnen. Sobald ich einen Satz von mir sage, bremst er es aus und fängt wieder an, von seinem Zeug bei der Arbeit oder albernen Ausflügen zu labern. Ich muss versuchen, ihn nach und nach los zu werden, aber leider habe ich ein zu großes Herz und er tut mir irgendwie leid. Er ist ja nur eine arme Sau, den niemand haben will. Aber vielleicht, weil er so ein Egoist ist. Eigentlich wollte Heiko aus Berlin wegziehen, aber dann hat er seine Traumfrau getroffen, ohne die er sich sein Leben nicht mehr vorstellen kann. Mich! Und nun bleibt er hier in Berlin, macht seine Wohnung neu, damit ich immer zu ihm kommen kann und mich bei ihm wohlfühle. Was ich aber gar nicht will.

Nun bin ich endlich langsam wach. Maik hat super Laune, dass es mir so gut geht. Er hatte tatsächlich Angst, dass mit mir etwas ist, dass ich nicht mehr aufwache.

Wir gehen den Tag, wie immer, ganz entspannt an, machen uns auf in die Stadt, um irgendwo etwas zum Mittag zu essen. Maik hätte Lust auf was richtig typisch Deftiges, was so schön von innen wärmt und erzählt mir dazu seine Varianten, wovon ich ebenfalls nun Hunger bekomme. Vorher lässt sich Maik noch, wie immer, eine Havanacola schmecken. Tatsächlich finden wir ein paar Minuten später eine urige Kneipe mitten in der Innenstadt, in der es leckeres Gulasch gibt. Wir bestellen uns Wein und Jägermeister sowie jeder eine Portion Gulasch mit Kartoffeln. Es ist ein wunderbarer Nachmittag, dem noch einige Getränke und Gespräche folgen.

Ich bin Journalistin und muss daher viel reden und auf Leute zugehen. Das nervt Maik manchmal. Einmal habe ich ihm erzählt, dass ich als Kind ebenfalls viel geredet habe. Dann hat meine Oma aus Budapest immer ihre Hand an ihren Mund gehalten und so getan, als ob sie diesen mit einem Schlüssel zuschließt. Diese Geste sollte signalisieren, dass ich mal endlich still sein soll. Maik findet diese Story sehr amüsant und nutzt dies nun für sich. Sobald er das Gefühl hat, ich rede zu viel oder wie er meint, jetzt habe ich wieder einen "Laberflash", sagt er einfach "Schlüssel" und es ist klar, ich soll die Klappe halten. Das tue ich auch, da sind wir uns beide einig. Denn zwischen uns herrscht die Übereinstimmung, sich immer alles zu sagen, egal ob es gut oder schlecht ist. Wichtig ist, zusammen zu halten und die Sache zu lösen. Nichts solle ein Problem sein.

Leicht angetrunken versuchen wir den Weg zum Hotel zu finden, der wie immer an der Bar endet. Dort beichtet mir Maik, wie glücklich er gerade ist und er würde so gern etwas Kokain nehmen. Ich sage ihm, dass wenn ich dabei bin, es kein Problem ist und ich auf ihn aufpasse. Aber wo bekommen wir den Stoff her? Maik hat natürlich sofort einen Plan und weiß, dass am Wenzelsplatz immer Dealer stehen, die den Stoff verkaufen. In seinem Halbenglisch fragt er den jungen Kellner an der Bar, wie weit der Platz weg ist. Am Ende stellt sich raus, dass der Kellner uns in ein paar Stunden gern Kokain besorgen kann. Das dauert Maik alles zu lange. Er will es jetzt! Sofort. Also versucht er mit seinem Handy ein Ubertaxi zu bestellen.

Wir gehen schon mal vor das Hotel, wo genau in diesem Augenblick ein Taxi hält. Wir steigen ein, Maik vorne neben dem Fahrer, ich hinter Maik auf der Rückbank. Er erklärt ihm wo wir hin wollen und fügt gleich noch den Grund an. Sofort sagt der Taxifahrer, dass der Stoff bei den Dealern am Wenzels-

platz nicht gut ist und er kann uns in einer abgelegenen Bar, etwa zwanzig Minuten entfernt, gutes
Kokain besorgen. Wir beide zögern etwas, stimmen
jedoch zu. Maik gibt mir sein Handy und Portemonnaie, weil er sich unsicher ist, was passieren wird.
Es ist alles wie in einem schlechten Film. Wir fahren
durch eine dunkel Stadt, der Taxifahrer telefoniert
die ganze Zeit laut auf tschechisch mit verschiedenen Leuten und fragt diese nach Kokain an. Ich
komme mir wie eine Gangsterbraut vor. Alles ist so
unrealistisch.

Kurze Zeit später halten wir vor einem etwas ver-
kommenen Eckladen, wo erstmal nur der Taxifahrer
aussteigt und reingeht, den Autoschlüssel lässt er
stecken. Kurze Zeit später signalisiert er uns, dass
wir nachkommen können. In einer Art Hinter-
zimmer, auf Holzpaletten warten wir auf den Dealer,
der in etwa zwanzig Minuten auftauchen soll. Ich
beobachte die Leute, es sind nur wenige und fast nur
Männer, die alle auf der Toilette verschwinden. Das
sind sicher alles Drogenabhängige, die ihren Stoff
auf dem Klodeckel in sich reinziehen oder spritzen.
An der Bar ist ein Dunkelhäutiger, der uns Alkoho-

lisches serviert, als endlich der Dealer eintrifft.
Ganz heimlich werden zwei Gramm Kokain überge-
ben. Ich habe das Gefühl, wir wären in einem total
schrägen Film. Maik macht sich auf zur Toilette, um
den Stoff zu prüfen. In der Zeit fragt mich der Taxifahrer etwas aus. Er versteht die Situation nicht.
Wer ich bin und was wir hier tun. Maik hat ihm vor-
hin im Taxi gleich erzählt, dass ich Kokain noch nie
genommen habe und sicher mal von dem Stoff pro-
bieren werde. Der Taxifahrer, er spricht ein gebro-
chenes Deutsch, will viel wissen und sieht mich
immer wieder prüfend an, als ob er sich Sorgen um
mich macht. Ich weiß nicht was ich von ihm halten
soll. Er hat viele Kontakte und kennt die Szene. Ihm
ist sicher klar, dass es für mich keine gute Situation
ist. Kurze Zeit später taucht Maik wieder auf, unser
Gespräch wird sofort beendet. Maik signalisiert,
dass der Stoff in Ordnung ist und wir treten mit dem
Taxi den Rückweg an. Wieder gleiche Sitzordnung,
Maik auf dem Beifahrersitz, ich dahinter auf der
Rückbank. Vorm Hotel müssen wir noch bezahlen.
Maik und der Taxifahrer unterhalten sich ein wenig
und tauschen ihre Telefonnummern aus. Während

dieser Zeit streckt der Taxifahrer seine rechte Hand nach hinten und umfasst ganz fest meine linke Hand. Erst denke ich, dass er sich von mir verabschieden möchte, aber er lässt nicht mehr los. Eine ganze Zeit hält er meine Hand fest umschlungen und drückt immer wieder leicht zu. Zwischenzeitlich läuft das Gespräch zwischen den beiden Männern weiter. Irgendwann löse ich mich von seiner Hand und verabschiede mich, steige aus. Kurze Zeit später folgt Maik, der sofort anfängt, mich zu fragen, was das für eine Aktion war. Ich sage ihm, dass er sich nur verabschiedet hat und wohl damit signalisieren wollte, das wir auf uns aufpassen sollen. Maik ist trotzdem der Meinung, dass es doch nicht normal ist, dass mich fremde Männer einfach anfassen. Wieder kommt die übliche Diskussion auf, dass Maik sich sicher ist, dass ich so etwas provoziere. Das tue ich aber nicht. Irgendwie habe ich die Gabe, Menschen in meinen Bann zu ziehen. Das ist gut und ich sollte es viel mehr nutzen. Maik hat dieses Talent ebenfalls, er kann schnell Menschen für sich begeistern. Wir zusammen wären in diesem Punkt unschlagbar und könnten damit das

Leben rocken. Da er sich so auf sein Kokain freut, ist die Diskussion ziemlich schnell beendet. Oben im Hotel in unserer Suite ist seine Laune wieder auf dem Höhepunkt.

Wir setzten uns nebeneinander auf die Couch und er fängt sein Ritual an. Vorher erwähnt er noch, dass er mein Grillbuch, welches ich veröffentlicht habe, sehr gut findet. Meine Verwunderung ist groß, weil es hier jetzt nicht ums Kochen geht, freue mich aber über das Lob. Allerdings beschreibt er einen mir bisher unbekannten Vorteil, den das Buch hat. Es ist sehr dick, hat einen festen, leicht rauen Umschlag und man kann damit im Auto sich wunderbar Kokain durch die Nase ziehen. Ein kurzes Lächeln von mir durchfährt die ansonsten leicht angespannte Stimmung und Maik fängt nun mit seiner Drogenvorführung an. Dabei erklärt er mir jeden Schritt und möchte, dass ich genau zuhöre und ihn dabei beobachte. Er verstreut eine kleine Menge Kokain, welches aus vielen kleinen Klumpen besteht, auf dem Tisch und reibt dieses mit der Zimmerchipkarte noch etwas feiner, anschließend zieht er damit eine dünne Linie auf dem Tisch entlang. Aus seinem Portemonnaie holt er einen Zehneuroschein raus und rollt diesen ganz eng zusammen, so das in der Mitte noch ein Loch bleibt. Diesen eingerollten Schein hält er an seine Nase, zieht ihn über den Tisch und schnieft damit das Kokain in seine Nase rein, erst links, dann rechts. Ich beobachte ihn ganz genau und sehe, wie glücklich er dabei ist. Nun bin ich dran. Ich bin etwas aufgeregt, habe aber keine Angst. Wir sind hier in einem Hotel. Wenn etwas ist, ist immer jemand da. Wir haben zwei Gramm Kokain gekauft und einigen uns darauf, dass ich ein halbes Gramm nehme. Gemeinsam zerkleinern wir die Menge, ziehen mit der Karte wieder eine Reihe und ich schniefe mit dem Geldschein mir jeweils ein viertel Gramm pro Nasenloch rein. Das restliche Gramm nimmt Maik zu sich. Nun heißt es abwarten, was passiert. Wir schalten den Fernseher an, trinken Wein und Cocktail, verbringen die Zeit gemeinsam liegend im Bett. Nach einer ganzen Weile hat Maik die üblichen Ausfälle. Die Nase blutet, der Bauch tut ihm weh und ihm ist leicht schwindlig. Bei mir ist nichts. Absolut nichts. Ich habe wohl einen sehr robusten Körper, der so einiges vertragen kann. Stunden später schlafen wir bis zum nächsten Vormittag ein.

Das Klingeln meines Telefons lässt mich aufwachen. Die Dame vom Reisebüro ist dran. Aufgeregt erzählt sie, dass das Hotel aus Dubai sie angerufen hat, dass wir nicht angereist sind. Ich erkläre ihr, dass Maik eine furchtbare Erkältung bekommen hat und wir daher die Reise nicht antreten konnten. Da die Dame vom Reisebüro vorher selbst wochenlang krank war, kann sie das verstehen. Ich füge noch an, dass ich eine Reiserücktrittsversicherung habe und ich die Erstattung schnellstmöglich abwickeln werde. Sie bedauert das alles nochmal und wünscht eine gute Besserung.

Mittlerweile ist Maik wach, ihm geht es halbwegs gut und er hat das ganze Gespräch mitbekommen. Er ist traurig, dass wir nicht nach Dubai geflogen sind und fragt tatsächlich, ob man die Reise nicht verschieben oder jetzt nachholen kann. Also das wir nächstes Wochenende fliegen könnten. Ich habe eigentlich keine Lust mehr, da wie jetzt schon eine ganze Zeit lang unterwegs sind. Erst Ungarn, dann Prag und jetzt noch Dubai? Aber ich will ja keine

Spielverderberin sein und rufe die Dame vom Reisebüro umgehend zurück. Höflich frage ich sie, ob es eine Möglichkeit gibt. Und tatsächlich stimmt sie dem zu und sagt, dass es kein Problem ist. Wir können am Sonntag fliegen, heute ist Freitag. Sie kümmert sich um die Unterlagen und wenn alles klar ist, sendet sie uns diese zu. Ich weiß gar nicht, was ich dazu sagen soll. Maik ist vor Freude außer sich, hüpft aus dem Bett und vollführt einen Freudentanz. Dabei ist er ganz nackt und will mir seinen Zaubertrick vorführen. Dieser besteht daraus, dass er sich nackt hinstellt und vor sich das große Badehandtuch hält. Dann lässt er es fallen und verschwindet hinter der Tür, so das ich ihn nicht mehr sehen kann. Ein totaler Blödsinn, was ihn köstlich amüsiert und ich wieder mal sehe, wie durchgeknallt er ist ist.

Der Flug würde am Sonntag um 22 Uhr gehen. Eigentlich wollten wir von Prag aus am Samstag abreisen, aber dann haben wir wieder einen Tag in Berlin, wo die Gefahr wäre, dass Maik in eine schlechte Situation gerät, sich Drogen besorgt. So gehe ich an die Rezeption und verlängere unseren

Aufenthalt hier in Prag in dem Hotel um einen Tag, was absolut kein Problem ist. Diese Zeit verbringen wir mit schlafen, essen und trinken und kosten jede Minute aus. Mittlerweile ist es zum täglichen Ritual geworden, dass Maik seine Streicheleinheiten bekommt. Immer wenn ihm danach ist, was mehrmals am Tag und sehr gern mitten in der Nacht vorkommt, fragt er mich, ob ich ihn ein wenig krabbeln kann. Ich sage niemals nein, weil ich es liebe, ihn anzufassen und seinen Körper zu fühlen. Das könnte ich stundenlang machen und er genießt es. Um so länger, um so besser. Da wir einen sehr direkten Umgang miteinander haben, gibt er ganz klare Anweisungen, wo er es gerade am liebsten hätte. Meistens ist der Rücken oder sein schöner warmer Bauch und der obere Brustbereich gefragt. Dazu nutze ich gern eine Creme oder wenn ich es dabei habe, ein entsprechend gut duftendes Öl.

Wenn er gut drauf ist, dann wünscht er sich eine Massage an seinen Eiern, was er mir ganz direkt sagt. Natürlich ist das für seinen Penis ebenso eine Wohltat, der sich mit einem schönen warmen Erguss bedankt. Ebenfalls mag er es, wenn ich ihn am Ausgang seines Pos massiere und meinen Finger leicht in seine Öffnung drücke. Dann vernehme ich von ihm ein leichtes Stöhnen und wohlwollende Worte bringen seine Erregung zum Ausdruck. Dazu liegt er meist auf dem Bauch und ich kann mich dort austoben, gelegentlich kommt meine feuchte Zunge zum Einsatz, die ihm gekonnt eine zärtliche Massage zwischen den Pobacken verpasst. Auch dabei kann sich sein Schwanz nicht beherrschen, ich nehme ihn in meine Hand und er lässt alles raus, was in ihm steckt.

Sonntag pünktlich früh neun Uhr geht es zurück nach Berlin. Maik hat noch die tolle Idee, dass wir zu Hause eine Hühnersuppe kochen. Und so passiert es dann auch. Hühnerschenkel und Suppengemüse kommen aus dem Eisschrank in den Kochtopf, in der Zeit wasche ich die letzten Kleidungsstücke, trinken noch eine Havanacola und ein Glas Wein und dann geht es schon ab zum Flugplatz.

DUBAI Februar 2025

Alles klappt wunderbar. Unser Auto ist unweit vom Flugplatz abgeparkt und pünktlich 22 Uhr sitzen wir im Flieger nach Dubai. Maik ist sehr aufgedreht, freu sich extrem. Wir haben zwei Plätze nebeneinander, wo einer davon am Fenster ist. Dort sitze ich. Maik trinkt einige Gläser Wein sowie zwei kleine Flaschen Wodka und kippt kurze Zeit später mit seinem Kopf in meine Richtung auf meinen Schoss und schläft ziemlich lange durch.

So vergeht die Zeit schnell und wir landen bei warmen 23 Grad in Dubai. Schon der Anflug zeigt die Weite und die Kahle des Landes, geprägt durch viel Sand. Ein gigantisch großer Flugplatz empfängt uns, wo wir per Zug zur Kofferausgabe und Passkontrolle gebracht werden. Menschen vieler Nationalitäten begegnen uns. Ein ungewohntes Bild der vielen Männer in ihren "Nachthemden" schlägt uns entgegen. Um in das Land einreisen zu können, wird jeder per Gesichtsscan mit seinem Ausweis abgeglichen. Das ist für die Landsleute, die dieses Verfahren durchführen, anscheinend eine sehr ernste Angelegenheit und man wird unfreundlich behandelt. Nach mehrfachen Versuchen darf ich passieren, bei Maik geht es allerdings nicht. Er macht die Augen nicht weit genug auf. Leider kann ich keinen Kontakt zu ihm aufnehmen, da deutsche Handys hier nicht funktionieren. Mit meinen Armen signalisiere ich ihm, es an einen der anderen etwa 30 Schalter zu versuchen. Zum Glück funktioniert es dort, wir können beide einreisen und sind nun in Dubai. Meine Gefühle laufen Achterbahn, aber mit Maik an meiner Seite ist einfach alles kein Problem. Nach kurzem Suchen finden wir unseren Reiseveranstalter und schon geht es los zu unserer Unterkunft. Maik hat vorher noch einen Sechserpack Wodkalimonade in einen der unzähligen Flughafenshops gekauft und gemeinsam mit zwei weiteren Touristen treten wir in einem Kleinbus die einstündige Fahrt zu unserer Hotelanlage an. Wir unterhalten uns, beobachten die Umgebung. Die Gegend ist karg, von viel Sand und schlichten, aber teilweise von großen Häusern geprägt. Alles wirkt trocken. Kamele stehen auf den Hügeln, viele teure Autos und übermäßig breite mehrspurige Straßen bestimmen den Verkehr. Dabei drängt sich einem sofort die Frage auf, was wir in Deutschland alles für den Klimaschutz tun und hier gibt es nur große spritfressende Luxusautos, die das Stadtbild bestimmen. Egal wie, ich kann es immer noch nicht glauben, dass wir hier sind. Das ist alles so unrealistisch. Meine Gefühle tanzen Tango, ich und der verrückte Drogentyp sind wirklich gemeinsam am anderen Ende der Welt. Meine Emotionen zu Maik verändern sich von Tag zu Tag, wir vertrauen uns bis ins letzte und bilden eine starke Harmonie, bei der sich jeder auf den anderen verlassen kann. Von meiner Familie weiß nur mein Sohn Andreas und meine Tochter Britta von meiner Reise. Ich wollte es niemand sagen, bevor wir nicht wirklich hier sind. Ich bin ja, wie bereits erwähnt, etwas abergläubisch. Ich bin so glücklich, vor allem, weil ich mit Maik hier bin. Weit weg von Berlin, weg von dem Leben dort, was ich nicht mag. Weg von den Drogen, die meinen Casanova immer in Verführung bringen. Ob es mir hier gefällt, weiß ich noch nicht. Ich fühle mich frei, frei wie ein Vogel, der macht was er will. Das liebe ich, das ist mein Leben. So war es immer und so soll es wieder sein.

Nach einer Stunde Fahrzeit passieren wir mit unserem Taxi eine Einfahrt durch ein großes farbiges Eingangsportal und erreichen eine Art Parkplatz, von dem aus man einen fantastischen Blick aufs Meer hat. Wieder stockt mir der Atem und ich bin fasziniert von dem, was ich sehe. Überall stehen Palmen, viele Blumen blühen, es gibt lautes Vogelgezwitscher und die Menschen laufen leicht bekleidet durch die Gegend. Tatsächlich ein bisschen wie im Paradies. Wir machen uns auf dem Weg zur Rezeption. Es ist mittlerweile kurz vor 11 Uhr vormittags und eigentlich haben wir Hunger und Durst. An der Rezeption ist eine nette Dame die uns allerdings sagt, dass Check-In erst 15 Uhr wäre. Vorher könnten wir auch nichts essen und trinken, da wir keine Zimmernummer haben. Sie sagt, dass gerade die ersten Leute auschecken und die Zimmer erst sauber gemacht werden. Ich mache ihr klar, dass wir sehr müde sind, seit zwei Tagen unterwegs sind und einfach das erste Zimmer haben möchten, was frei wird, egal was wir gebucht haben. Derweile setzen wir uns in die Bar, die sich auf einer herrlichen Terrasse mit Blick aufs Meer befindet und trinken auf eigene Kosten einen Wein und eine Rumcola. Tatsächlich bekommen wir kurze Zeit unser Zimmer und beim Blick auf die Nummer, die 4013 lautet, wird mir klar, dass kann nur Glück bringen, schließlich ist es mein Geburtsdatum.

Im Zimmer angekommen bewahrheitet sich mein Gefühl. In meinen Augen ist es das schönste Zimmer in der ganzen Anlage. Mit einem riesigen Balkon, direkt mit Blick auf das Wasser, wo jeden Tag Ebbe und Flut stattfindet und mit dem wunderbarsten Sonnenuntergang den man sich vorstellen kann. Genau unter uns befindet sich eine Bar, wo wir trinken können was wir wollen und das den ganzen Tag lang, da wir All-inclusive gebucht haben. Vor der Bar erstreckt sich ein traumhaft großer Pool mit einer Wassertemperatur von 29 Grad, in den wir im Prinzip direkt aus unserem Zimmer reinspringen können. Es ist fantastisch schön und ich fühle mich wohl. Man ist sehr um die Gäste bemüht und ständig wird nach unserem Wohlbefinden gefragt, was am Anfang etwas nervt. Allerdings gewöhnt man sich schnell daran. Da wir ziemlichen Hunger haben, ziehen wir uns kurz um und machen uns auf ins Restaurant. Eigentlich gibt es ab 18 Uhr Abendessen, kostenlos für All-inclusive-Gäste, aber so lange können wir nicht warten. Ich wähle Spaghetti mit Meeresfrüchten und Maik bestellt sich Rindersteak mit Beilagen. Dazu natürlich wie immer für mich ein Glas Weißwein und für Maik die Rumcola. Das Essen ist eine hervorragende Wahl und wir genießen es direkt mit Blick aufs Meer und sind verdammt entspannt. Der ganze Stress mit dem langen Flug und den engen harten Sitzen, der Ärger am Airport, alles ist in Sekunden vergessen. Wir sind bei zwei Grad Kälte los geflogen und sitzen hier nun bei 21 Grad Wärme nur im T-Shirt rum. Was für ein Kontrast, den wir lieben. Wir gehen zu unserem Zimmer zurück und Maik legt sich für eine Stunde hin. Ich nutze die Zeit, um an die Rezeption zu laufen. Schließlich ist morgen Maiks Geburtstag und ich habe die Idee, dass wir im Bett frühstücken. Der nette Mann dort kann die Bestellung zwar nicht entgegen nehmen, erklärt mir aber, dass ich das per Telefon vom Zimmer aus buchen kann. Dazu gibt er mir noch einen Link für mein Handy, wo die Speisekarte ersichtlich ist. Zurück im Zimmer buche ich, während Maik beim sehr langen duschen ist, ein Zimmerfrühstück für den nächsten Tag für zehn Uhr. Anschließend machen wir einen Abstecher in die Bar, in der wir bereits am Vormittag waren und verbringen die Zeit dort bis Mitternacht mit Wein, Cocktails, Rumcola und Martini. Müde und glücklich fallen wir ins Bett, bis uns am Morgen der warme Wind durch die geöffnete Balkontür weckt und wir uns auf einen wundervollen Tag am Strand freuen.

Mich durchströmt ein Glücksgefühl. Die Wärme, die Sonne und die Meeresluft lassen alles um mich herum vergessen. Maik ist überrascht, dass für ihn auf dem Balkon ein wundervolles Frühstück mit Tee, Saft, Brötchen, Joghurt, Obst und anderen Leckereien aufgebaut ist. Ich umarme ihn und wünsche ihm alles Gute, dass er gesund bleibt und vor allem glücklich ist, jede Sekunde auskostet und so bleibt, wie er ist. Insgeheim wünsche ich ihm, dass wir lange gemeinsam einen Weg gehen und wie echte Freunde immer zusammenhalten. Mittlerweile ist ihm wohl klar, dass das zwischen uns etwas Besonderes ist, was es lohnt, festzuhalten. Er, der Verrückte aus dem Spreewald mit seinem angenehmen groben Dialekt, ich die irre Ungarin, die sich jeden Tag neu erfindet. Nach dem Frühstück ist die Freude riesig, denn es geht zum Strand. Maik setzt seine coole Sonnenbrille auf, die er irgendwie immer bei sich hat und sieht wie immer super lässig aus. Ich freue mich besonders, denn ich habe im letzten halben Jahr 30 Kilo abgenommen und so sitzt der neu gekaufte Badeanzug absolut perfekt und zaubert mir eine ganz passable Figur, bei der alles sitzt. Ich fühle mich super gut und genieße den Anblick, wenn sich andere Menschen nach mir umdrehen. Wir haben fantastische Laune und erreichen nach fünf Minuten das Meer. Die Leute sind alle gut drauf, es reiht sich eine Bar an die andere. Perfekt für Maik. Es weht ein schöner milder Wind und ich stürze mich sofort in das 20 Grad warme Wasser. Ich lasse mich von den Wellen treiben und habe das Gefühl, jetzt müsste die Zeit wieder still stehen. Anschließend hat Maik natürlich schon mal die Bar unsicher gemacht und für uns Cocktails besorgt. Für mich einen Caipirinha und für ihn Sex on the Beach. Wie passend.

So verbringen wir die kurze Zeit bis zum Mittagessen auf unseren Strandliegen, lassen uns die Getränke schmecken und sehen amüsiert den Menschen zu. Besonders lustig ist eine kleine Gruppe von älteren Polinnen, die bereits einiges an Alkohol zu sich genommen habt und bei Musik am Stand leicht angetrunken mitsingen und dazu tanzen. Lebensfreude pur, bringt Stimmung in das Strandleben und tut gut, sie zu beobachten. Der Wind fegt über uns weg und so merken wir nicht, wie sich unsere Haut holt, was sie verdient. Nämlich einen heftigen Sonnenbrand. Da wir hier mit unseren deutschen Handys nicht telefonieren können, ist zumindest das ganz entspannt, auch wenn Maik sicher traurig ist, dass an seinem Geburtstag ihn niemand anrufen kann. Während ich darüber nachdenke fällt mir ein, dass ich eigentlich bei ihm das VPN drauf schalten könnte. Das ist eine App, wo man sich in ein bestimmtes Land einloggen kann und simulieren kann, dass man gerade in Deutschland ist. Damit könnte er telefonieren, weil es nicht als Auslandsgespräch zählt. Nach unserem Sonnenbad gehen wir zurück ins Zimmer und ich probiere sofort aus, ob es funktioniert. Und es scheint wohl mein Glückstag zu sein. Es geht und Maik empfängt eine Menge Glückwünsche zum Geburtstag. Lange telefoniert er mit seiner Mama und wartet auf einen Anruf von seinem Sohn. Es tut gut zu sehen, wie glücklich er ist, bis auf seinen Sonnenbrand. Allen Freunden erzählt er, dass er in Dubai ist. Ich beobachte ihn die ganze Zeit und bin von seiner guten Laune fasziniert. Wir beide hätten wohl nie gedacht, dass wir jemals wirklich hier landen werden. Es war immer sein Traum, nun ist er Wirklichkeit. Heimlich kullern mir ein paar Glückstränen übers Gesicht und wieder frage ich mich, wer er eigentlich ist. Nach so jemand habe ich mein ganzes Leben gesucht, nach jemanden der nicht fragt, sondern einfach macht. Mein Mann war auch so, war aber etwas komplizierter. Sollte Maik meine zweite große Liebe sein? Nein, eigentlich nicht. Was zwischen uns ist, ist mehr als Liebe. Es ist Vertrauen und Zuneigung, was alle Grenzen sprengt. Und wer würde schon mit einem Wildfremden solche Reisen unternehmen und wissen, alles wird und ist gut? Maik geht noch mal kurz duschen und vollführt anschließend wieder seinen lustigen Zaubertrick, der eigentlich keiner ist. Er hat diesen mal in einem Film gesehen und fand das nur albern.

Komplett angezogen gehen wir das erste Mal zum Mittagessen. Höflich werden wir mit "Mum and Guy" begrüßt. Wir nehmen an einem wundervollen runden Holztisch mit Blick aufs Meer auf der Terrasse Platz. Um uns sind Palmen und das liebliche Gezwitscher der Vögel ist zu vernehmen, die wohl nur darauf warten, etwas von den Essensresten der Gäste klauen zu können, was wir später beobachten können. Im Innenraum ist ein riesiges Buffet aufgebaut, was keine Wünsche offen lässt. Vorspeisen, Suppen, unendlich viele Hauptgerichte in allen Geschmacksrichtungen die von Kuchen, Desserts oder Käsevarianten ergänzt werden. Maik ist fasziniert und macht sich auf den Weg, seinen Teller mit einigen Köstlichkeiten zu beladen. In der Zwischenzeit winke ich einen der sehr charmanten Kellner an unseren Tisch und versuche ihm klar zu machen, dass ich gern eine Flasche Sekt haben möchte. Kurz erkläre ich ihm, dass mein Begleiter heute Geburtstag hat. Dieses gestaltet sich mehr als schwierig, da hier im All-inclusive-Restaurant solche Getränke nicht vorgesehen sind. Allerdings ist hier irgendwie der Gast tatsächlich noch König und so setzt das Personal alles dran, eine Flasche des prickelnden Getränks zu organisieren. Mittlerweile ist Maik wieder da und was er auf seinem Teller hat, sieht einfach köstlich aus. Ich bestücke ebenfalls meinen Teller mit einigen Leckereien und kehre zu unserem Tisch zurück.

Dann kommt der große Moment. Drei Kellner nähern sich uns würdevoll und präsentieren feierlich zur Mittagszeit eine Flasche Sekt im Eiskühler. Dazu stellen sie zwei wunderschöne kalte Gläser auf den Tisch und machen aus dem Einschenken eine echte Zeremonie. Maik ist verblüfft und weiß gar nicht, was er dazu sagen soll. Man merkt ihm an, wie er es genießt und es macht mich glücklich. Ja, ich liebe diesen Mann auf eine besondere Art. Er ist mittlerweile mein Leben.

Das Mittagessen zieht sich ewig hin und wir wechseln anschließend ein paar Meter weiter direkt nebenan in die Bar und setzen dort die "Feier" fort. Wir finden einen gemütlichen Platz auf einer der Loungsessel mit Blick aufs Meer und bestellen Rum-cola, Martini und jede Menge Jägermeister. Maik scheint einfach nur entspannt zu sein und die Bestellungen von Alkohol finden im rasanten Tempo statt. Die uns zugeordnete Kellnerin findet das wohl nicht so gut und ist eher der Typ der unfreundlichen Art. Ich spreche sie darauf an und erhalte die Antwort, dass ihr alles zu viel ist, die vielen Leute, jeder hat Sonderwünsche, jeder spricht eine andere Sprache und sie ist etwas überfordert. Ich kann sie verstehen und bitte sie trotzdem, etwas freundlicher zu sein. Maik ist mittlerweile beim gefühlten hundertsten Jägermeister angekommen und ist wohl schon nicht mehr in der realen Welt, als plötzlich das gesamte Barteam, es ist etwa gegen 23 Uhr, mit einer kleinen Torte und einer erleuchteten Kerze singend auf Maik zukommt und ihm auf englisch ein Geburtstagslied präsentieren. Mir laufen vor Freude die Tränen übers Gesicht. Alle Gäste der Bar klatschen und rufen Glückwünsche rüber. So wie Maik ist, lädt er unter seinem Alkoholkonsum alle Gäste der Bar zu einem Freigetränk ein, was uns am Ende eine ziemlich hohe Rechnung beschert. Zum Glück ist das Barteam so kulant und gibt uns einen Rabatt von 20 Prozent. Irgendwann, in den frühen Morgenstunden, draußen ist es immer noch 20 Grad warm, machen wir uns völlig betrunken auf zu unserem Zimmer und verfallen dort in Sekunden in einen Tiefschlaf.

Der Morgen ist ganz schön von Katerstimmung geprägt. Maik macht sich trotzdem zum Frühstücksbuffet ins Restaurant auf, ich bleibe entspannt im Bett. Anschließend geht es wieder zum Strand, wo die Leute, die uns unterwegs begegnen, Maik nachträglich zum Geburtstag gratulieren und ihn als "Birthday Man" bezeichnen. Seine Verwunderung ist groß, da er an die nächtliche Kuchengeburtstagsaktion des Barteams keine Erinnerung hat. Alle sind hier sehr charmant. Die Woche vergeht wie im Flug. Wir machen einen Ausflug zu einem Klamottenstore und unternehmen eine lange Wüstensafari. Diese ist sehr beeindruckend. Wir fahren mit einem Jeep durch die Wüste und lassen die Weite, Stille und die Unmengen an Sand auf uns wirken. Der Nachmittag vergeht ziemlich schnell. Wir freunden uns mit einem netten Ehepaar an und verbringen eine ganz Zeit zusammen im Freien in einer Shishabar. Am Abend findet in dem Wüstencamp noch ein Barbecue mit Trinken und einem Showprogramm mit Tanz und Feuerakrobatik statt. Dieses beeindruckt uns nicht sehr und wir sind froh, als endlich die Rückfahrt losgeht.

Zwischen mir und Maik läuft es gut, allerdings kommt es immer wieder zu kleinen "eifersüchtigen" Zwischenfällen. Die Kellner hier in dem Resort sind besonders nett und behandeln mich wie eine kleine Prinzessin. Das passt ihm nicht immer und er fängt sinnlose Diskussionen an. Schon wenn mich der Mann, der den Pool reinigt, besonders freundlich grüßt, gibt es böse Blicke von Maik. Wir sind immer noch auf dem Stand, dass wir nur Freunde sind. Aber es ist klar, wenn wir zusammen unterwegs sind, sind wir nur füreinander da. Es gibt keine andere Anmache. Das ist eine stille Vereinbarung zwischen uns, die wir beide einhalten. Ich auch, nur leider ist es bei mir andersrum. Immer wieder kommen die Leute auf mich zu, sprechen mich an. Ich bin höflich und komme gern ins Gespräch. Ich versuche schon extra, nicht zu sehr auf fremde Menschen einzugehen, blicke niemanden provozierend in die Augen. Ich weiß, Maik passen diese intensiven Gespräche mit irgendwelchen fremden Männern nicht und ich kann ihn gut verstehen. Andersrum würde ich es auch komisch finden. Allerdings übertreibt er oft, schnappt ein und redet nicht mehr mit mir. Manchmal wird er laut und streitet rum. Dann fliegen schon mal die Fetzen. Zum Glück ist er nicht sehr ausdauernd und am Ende tut es ihm immer leid. Meistens sind diese Aktionen am Abend, wenn er schon ganz schön viel getrunken hat. So landen wir verstritten im Bett und jeder rollt sich auf seine Seite. Wenn er wach wird und merkt, dass er sich doof verhalten hat, kuschelt er sich an mich und wir haben guten Sex. Der ist besonders schön, er ist herzlich und sehr anregend. Manchmal denke ich mir, dass wir öfters streiten sollten. Schon wegen seiner Geilheit danach.

Ansonsten ist das hier ein Traum. Jeden Tag fantastisches Essen, nette Leute und ein Gefühl von Freiheit. Wir sitzen täglich bis in die Morgenstunden in der Bar und lassen den Alkohol fließen. Mittlerweile kennt uns jeder und wir fühlen uns angekommen. Meine Liebe zu Maik schwankt oft zwischen der Sucht nach ihm und dann wieder zum Alleinsein. Ich weiß nicht was besser ist. Was soll aus uns werden? Ewig so eine Beziehung die "nur" eine Freundschaft ist? Wie lange kann das gut gehen? Bis jemand sich neu verliebt, in jemand anderen. Für mich gibt es keine Option, ich liebe ihn, so wie er ist. Hier in Dubai hat er kein Suchtverhalten, er ist glücklich. Allerdings hat das nichts zu sagen. Er nimmt den Stoff, egal ob er glücklich oder traurig ist. Man selbst trinkt ja zum Beispiel einen Sekt, wenn man besonders glücklich ist. So ist es bei ihm auch. Und das ist das Problem. Es steht als Lösung immer noch der sechsmonatige Therapieaufenthalt im Raum, der mir Angst macht. Ich möchte nicht ohne ihn sein. Was soll das Leben dann noch für einen Sinn machen? Wieder allein zu sein? Klar gibt es viele Männer, aber ich bin bisher nur zweien davon begegnet, die meine Gefühlswelt teilen. Das war mein Mann und nun ist es Maik. Mir kommen viele Gedanken der Verzweiflung und ich hoffe immer, dass noch etwas Unerwartetes passiert, dass er bei mir bleibt.

BERLIN Februar 2025

Heute ist unsere Abreise nach Berlin. Wir sind wirklich traurig. Sechs Stunden Flug in die Kälte sind nicht so erfreulich. Maik möchte das nicht wahrhaben und startet die Rückreise in seinen Badelatschen, ganz ohne Socken und im kurzärmligen Shirt. Ich habe wieder Angst vor dem Alleinsein. In Berlin wird er in sein altes Leben zurückkehren und ich in meines. Kurz vor Mitternacht ist es soweit. Der Anflug auf Berlin beginnt und mir laufen die Tränen übers Gesicht. Wir warten auf unsere Koffer und versuchen einen Taxifahrer zu finden, der uns die zehn Minuten nach Waltersdorf fährt, wo wir den Landrover geparkt haben. Nach dem vierten Versuch ist es geglückt. Ein unfreundlicher Türke flucht vor sich hin und fährt uns mit schlechter Laune bis zu unserem Auto. Ich habe die Nase sofort voll und mich wundert es,

dass Maik dem Taxifahrer nicht gleich eine rein-
haut. Aber wir sind müde und wohl etwas betrunken, da es im Flugzeug ziemlich viel Alkohol
gab. Ich habe mich am Ende etwas zurückgehalten
und fahre uns somit zu mir nach Köpenick nach
Hause. Maik wäre noch gern zu Chris in die Bar
nach Neukölln gefahren, aber wir entscheiden uns
dagegen. Während der Rückfahrt drängt mir sofort
die Frage auf, was ich hier will, warum ich zurück
gekommen bin. Ich bin frei und kann tun und lassen
was ich will. Gemeinsam trinken wir noch eine Flasche Wein aus und legen uns ganz eng eingekuschelt
ins Bett. Ich denke noch lange über den schönen
Urlaub nach, lasse alles nochmal wie in einem Film
ablaufen und mir wird plötzlich klar, ich möchte
nicht mehr in Deutschland leben. Auch wenn die
"Haubentaucher", wie Maik die Scheichs nennt,
merkwürdige Menschen sind, haben sie doch viel
Liebenswürdigkeit und Leichtigkeit in sich. Schon
das jeder einen nach dem Vornamen fragt, bevor
man ein längeres Gespräch anfängt, macht die
Sache doch viel netter. Ich werde das mal hier in
Berlin versuchen, die Leute einfach so nach ihrem

Vornamen fragen. Mal sehen, wie die Reaktionen sind.

Der Morgen in Berlin beginnt. Wir sind müde und haben Sehnsucht nach der Wärme. Draußen sind es minus Grade und wir fühlen uns etwas neben der Spur. Wir bleiben bis zum Abend im Bett, genießen die Zweisamkeit, kucken Fernsehen und essen geschmierte Wurstbrote, dazu, wie könnte es anders sein, einen Schluck Wein. Maik sagt mir, er würde gern eine Weile hier bei mir bleiben, was in meinen Augen eher so klingt, also ob er für immer hier einziehen möchte. So richtig den ganzen Tag und die ganze Nacht. Ein kleines Lächeln durchströmt meinen Körper, allerdings habe ich das Gefühl, dass bei ihm da Zuhause etwas nicht stimmt. Immer wieder vermeidet er, zu sich zu fahren. Für mich ist es kein Problem, allerdings möchte ich, dass es ihm gut geht und so beginnen wir hier eine Zeit der Gemeinsamkeit.

Wir besprechen, dass Kokain nur in Absprache genommen wird. Ich fahre hin und wieder mit, wenn er vom Dealer zwei Gramm Kokain abholt. Das ist hier in Berlin wirklich ganz einfach. Per Whatsapp schreibt man den Dealer an, bestellt die Menge und macht einen Übergabezeitpunkt aus. Es klappt tatsächlich immer und wir kommen wirklich zu dem Punkt, dass der Drogenkonsum von Maik sich in Grenzen hält.

Als sein Verlangen nach Stoff wieder mal so weit ist, fahren wir vorher bei Chris vorbei, um in seinem Laden, wie er seine Kneipe nennt, einen Drink zu nehmen. Maik war bisher noch nicht hier und findet es sehr ansprechend. Urig, rustikal und gemütlich. Der Mann hinter der Bar ist ein eher unfreundlicher Typ, ist uns aber egal. Kurze Zeit später taucht Chris auf und wir reden etwas. Dann kommen drei Araber und wollen ebenfalls sich in der Kneipe niederlassen. Was dann passiert, erschreckt mich. Sie werden der Bar verwiesen, da die Männer hier Hausverbot haben. Plötzlich wird es laut, einer fängt mit einer Schlägerei an. Von Außen fliegen Steine gegen die Fensterscheibe, die sofort zu Bruch geht. Messer werden gewetzt, Bierkrüge geworfen, Stühle fliegen durch den Raum. Ich habe keine Chance zu flüchten, da ich neben der kaputten Scheibe und vor der Bar sitze. Links von mir ist der Tumult. Maik steht vor mir, stark mit seinem breiten Kreuz schützt er mich. Mein Held. In einem guten Moment können wir in einen der hinteren Räume flüchten und abwarten. Als sich die Sache etwas beruhigt, fasst Maik mich an der Hand und wir rennen raus in die Nacht, die Straße entlang und sind froh, dass wir nicht verletzt wurden. Der Boden der Bar ist mit Bier und Blut überströmt. Ein Bild der Verwüstung ist in meinem Kopf. Wir fahren mit einem Taxi nach Hause, da wir nicht zur Bar zurück wollen, wo unser Auto geparkt ist. Das holen wir am nächsten Tag ab. Im Taxi sind wir völlig aufgewühlt, ich zitter am ganzen Körper. Was ist das für ein Scheiß hier? Wieder wird mir klar, ich möchte hier nicht mehr sein. Ich bin froh, Maik an meiner Seite zu haben, ihn in meinem Leben zu haben. Ich kann und möchte nicht ohne ihn sein. Sicher wäre es ohne ihn manchmal einfacher, aber was wäre dann der Sinn des Lebens? Es wäre langweilig. Zu Hause lassen wir wieder den Wein laufen und sind einfach aufgewühlt.

Früh erwache ich mit einem ganz schönen schweren Kopf. Aber es nützt nichts, heute habe ich wieder einen Pressetermin. Maik bleibt im Bett und will später etwas zum Mittag kochen. Mittlerweile führen wir eine fast "normale" Beziehung. Er verschwendet keinen winzigen Gedanken daran, zu sich zu gehen. Sein Zuhause ist jetzt hier bei mir, das sieht er als selbstverständlich an. Wir verbringen jeden Tag zusammen, ich wasche seine Wäsche und er organisiert die Lebensmittel. Er hat angefangen, das Haus etwas aufzuräumen und überflüssige Dinge zu entsorgen. Dazu hat er eine große Musikbox gekauft, die er auf der Terrasse aufstellt und mit seiner Playliste, die aus eher ungewöhnlichen Songs von Techno bis Liebesliedern, vom Handy steuert. Die Tonlage ist extrem laut und endlich haben die Nachbarn mal was davon. Es fühlt sich gut an und es macht Spaß, wenn man beim Arbeiten mittanzen kann.

Maik hat sich mittlerweile mit den Tieren angefreundet und wenn er einkaufen geht, bringt er für jeden sogar eine Kleinigkeit mit. Am Wochenende hat sein Sohn hier übernachtet. Gemeinsam haben wir geangelt und am Feuer gesessen. Nun ist er wieder bei seiner Mutter in Cottbus.

Ich freu mich über diese Entwicklung, was für ein gutes Gefühl. Mein heutiger Pressetermin war super, alles hat geklappt und ich konnte sogar meinem Gesprächspartner zuhören. Ich freue mich auf einen gemeinsamen Abend mit Maik.

Beim öffnen der Haustür sehe ich in Maiks Augen und weiß, es ist etwas passiert. Er zerrt mich ins Wohnzimmer, gibt mir ein Glas Wein in die Hand und erzählt, dass es nun bald losgeht. Er hat die Zusage samt Datum für den sechsmonatigen Aufenthalt an der Ostsee, also in der Entzugsklinik, was etwa in zehn Wochen startet. Zusätzlich hat er sich auf die Warteliste setzen lassen. Es kann also auch sein, dass es schneller geht. In diesem Moment bricht eine Welt für mich zusammen, mein Herz stockt und ich kann es nicht zurückhalten, Tränen überströmen mich. Ich bin so traurig und ich weine und weine. Ich will nicht, dass er geht. Jetzt sehe ich auch in seinen Augen Tränen und ein Gefühl von Angst und Panik packt mich. Mich überkommt Hilflosigkeit. Wieder werde ich einsam sein, wieder verliere ich einen Menschen. Er wird mehrere hundert Kilometer weit weg sein. Mir ist klar, es wird mein

Leben verändern und ich muss wieder einen Neustart wagen, egal in welche Richtung der geht. Diese Zeit wird schwer und ich weiß nicht, ob wir es durchhalten werden.

Mittlerweile fühlt es sich fast so an, als ob wir als Paar zusammenleben. Wir sind füreinander da, haben tiefere Gefühle und alles ist total unkompliziert. Alles wird abgesprochen, Änderungen teilen wir uns sofort gegenseitig mit. Jeder Tag ist von Energie erfüllt. Drogen sind noch da, aber beherrschbar. Ich bin traurig, mein Herz hat einen Riss bekommen.

Bis es zur Therapie losgeht, sind noch ein paar Wochen Zeit. Allerdings geht es uns gesundheitlich gerade nicht besonders gut. Auf dem Rückflug von Dubai haben wir uns wohl eine Art Grippe eingefangen und verbringen zwei Wochen zusammen bei mir im Bett. Dadurch beginnt eine leidenschaftliche Zeit, in der sich bei uns beiden die Gefühle weiter verändern. Es fühlt sich nicht mehr nach "nur" Freunde an. Wir verleben zusammen den ganz "normalen" Alltag, verbringen 24 Stunden miteinander. Trotzdem ist alles immer ganz spontan.

Nach unserer Genesung machen wir da weiter, wo wir aufgehört haben. Maik wohnt nun bei mir, wir genießen die Zeit zusammen, Essen hier, er räumt danach sogar die Spülmaschine aus, wir sitzen anschließend bei einem Glas Wein, gehen gern zum Müggelsee in den Biergarten oder fahren mehrfach ins Casino zur Spielbank nach Berlin und versuchen dort unser Glück. Mal mehr und mal weniger erfolgreich. Zu Hause vertreiben wir uns oft den ganzen Abend mit entsprechender Musikatmoshphäre am Laptop mit Pokerspielen und haben dabei einfach Spaß. Das schönste ist, wir schlafen jeden Abend gemeinsam ein. Maik bekommt seine Streicheleinheiten so lange er will und ich spüre seine schöne Haut. Mittlerweile schläft er oft sehr tief, denn er nimmt zur Beruhigung einige Tabletten Xanax ein. Wenn der fest schläft und in seinen Träumen ist, berühre ich ihn am Bauch oder Rücken, spüre seine Wärme. Mit diesem Gefühl fasse ich mit meiner Hand zwischen meine Beine und bringe mich mit leichtem Stöhnen zum Höhepunkt und hoffe, dass er es nicht merkt. Danach schlafe ich mit wilden Träumen und erleichtert ein.

Maiks Sucht nach Stoff ist immer noch auf dem selben Niveau und er gibt mir Bescheid, wenn ihm danach ist. Dann besorgt er das Kokain, was der Dealer hier zu mir nach Hause bringt. Unter meiner Anwesenheit, naja er macht das oben im Bad, zieht Maik sich den Stoff hier rein. Natürlich sollte es so nicht sein, aber in ein paar Wochen ist er für sechs Monate nicht mehr da und dann hat sich das sowieso erledigt. Ich habe große Angst davor, wenn er nicht mehr bei mir ist. Die Zeit mit ihm ist wunderbar, es fühlt sich gut an. Den Kontakt zu seinen Freunden und seiner Familie hält er regelmäßig und so erzählt er, dass sein Vater am 11. April heiraten wird. Mir stockt der Atem, denn das ist genau der Todestag meines Mannes. Ich werde an diesem Tag nicht in Berlin sein, sondern in Ungarn bei meinen Kindern. Maik wird wohl zur Hochzeit gehen, zumindest denke ich das. Immer wieder fragt er mich, wie meine Meinung dazu ist. Ich mache ihm klar, dass es eigentlich eher darum geht, was sich sein Vater wünscht. Wir führen einige Gespräche zu diesem Thema und am Ende entscheidet er sich dafür, mich an diesem Tag zu meinen Kindern nach Ungarn zu fahren und für mich da zu sein. Er weiß, es sind für mich eine der schwersten Stunden in meinem Leben und da soll ich nicht allein sein. Wenn das keine Liebe ist?

Noch während ich darüber nachdenke, kommt ein lauter aufgeregter Schrei von oben aus dem Bad. Wie aufgedreht kommt Maik nackt die Treppe bei mir im Haus runter und berichtet, dass soeben die von der Therapie angerufen haben und er könnte bereits vorzeitig in etwa zehn Tagen diesen sechsmonatigen Aufenthalt dort beginnen, da er sich ja auf die Warteliste hat setzen lassen. Nun wäre ein Platz frei. Traurig blickt er mir in die Augen und erklärt, dass er zugesagt hat. Ich würde gern weinen, weiß aber, dass ihm das nicht guttut. Ich versuche mich für ihn zu freuen und bestärke ihn in seiner Entscheidung. Innerlich denke ich mir, dass er unter den jetzigen Umständen das eigentlich nicht mehr bräuchte. Wenn wir so weiter machen wie jetzt, wäre er vielleicht in einem Jahr von ganz allein drogenfrei. Dann bräuchte sicher eher ich eine Therapie, denn die ständige Sorge um ihn geht oft an meine Grenzen, was ich ihm aber nicht zeigen kann.

UNGARN Januar 2025

Einige Tage später geht es los nach Ungarn, viel Zeit haben wir ja nicht. Uns bleibt nur eine Woche. Maik hat für meine Kinder bei Metro noch eine riesige Kiste Bratwürste und Fleisch aller Art besorgt, was mich wirklich überwältigt. Die Energie, die Liebe, er ist einfach unglaublich. Für seinen Vater hat er eine riesige Hochzeitstorte bestellt und dort gleich noch ein paar Törtchen für meine Kinder und für mich für die Fahrt mitgebracht. Alles hat er auf die Reihe bekommen. Wie man sieht, wenn er sich gut organisiert, kann er alles schaffen und seine eigenen Grenzen überwinden. So sitzen wir nun im Auto auf dem Weg nach Ungarn und sind von dem unendlichen Stau total genervt. Wir entscheiden uns zwischendurch in einem Hotel zu übernachten und am nächsten Morgen den Rest zu fahren.

Kurz hinter Bruno, wir sind mittlerweile in der Tschechei, fahren wir runter und verbringen in einem abgelegenen Hotel die Nacht. Zufällig liegt es genau am "Automotodrom Brno", wo sonst die legendären Autorennen stattfinden und genau in dem Hotel die Fahrer übernachten. Bereits im Eingangsbereich sind einige der Fahrzeuge ausgestellt. Ich erledige an der Rezeption die Formalitäten, während Maik sich schon wieder an der Bar befindet. Die Getränke nehmen wir mit ins Zimmer und machen es uns dort auf dem Bett gemütlich. Im Fernseher läuft Fussball und wir kucken, bis uns irgendwann die Augen zufallen.

Am Morgen geht alles ganz schnell. Wir stehen auf, Maik kippt sich eine halbe Dose Havanacola runter, ich trinke den Rest der kleinen Weißweinflasche aus und schon sitzen wir im Auto und brausen mit 218 Stundenkilometer die Autobahn entlang bis uns plötzlich ein Auto mit noch höherer Geschwindigkeit überholt. Maik vermutet sofort, dass es sicher ein verdecktes Polizeifahrzeug ist. Und tatsächlich einige Minuten später fährt das Auto vor uns rein und an der Rückscheibe erscheint das Wort "Follow". Uns beiden ist klar, wir waren zu schnell und das um einiges. Erlaubt waren auf dieser Strecke 100 Stundenkilometer. Dazu haben wir schon am Morgen Alkohol zu uns genommen. Maik ist überzeugt, sie werden ihm den Führerschein wegnehmen. Wir fahren also am nächsten Rastplatz mit ab und die beiden jungen Polizisten lassen sich von uns die Papiere zeigen. Dann kommt das, wovor wir uns fürchten. Maik muss sich einer Alkoholprobe unterziehen und die zeigt leider einen Wert von 0,1 Promille an. Erlaubt ist allerdings null Alkohol. Also werden wir gebeten, eine halbe Stunde zu warten und dann wird eine weitere Probe genommen. Bis dahin nehmen die Polizisten unsere Daten auf und verfassen unzählige Papiere, als ob sie einen Roman schreiben. Maiks Nerven liegen blank. Es ist nicht abzusehen, was nun passieren wird. Wird hier unsere Reise enden? Wie fast immer, haben wir wieder mal ein wahnsinniges Glück. Eine halbe Stunde später zeigt das Messgerät tatsächlich null Promille an. Das ist zwar merkwürdig, weil man könnte fast meinen, dass in der Havanacola kein Alkohol drin ist. Aber es ist egal. Wir bekommen noch eine Strafe von 400 Euro wegen überhöhter Geschwindigkeit, zahlen diese und können unseren Weg fortführen.

Natürlich ist Maik nicht Maik, wenn er nicht sofort wieder das Gaspedal richtig durchdrückt. Wir kommen Ungarn immer näher und meine Gefühle spielen verrückt. Von meinen Kindern weiß nur Leon, dass ich in Kürze zu Besuch da sein werde. Maik und ich übernachten zwei Dörfer weiter in einem Hotel neben einem Thermalbad. Dort treffen wir am späten Nachmittag ein, denn die Fahrt scheint sich ewig hinzuziehen. Wir lassen uns den Zimmerschlüssel geben und Maiks erster Gang ist wieder an die Bar, beziehungsweise in diesem Fall ins Restaurant, welches sich gleich neben der Rezeption befindet. Dort genehmigen wir uns einige Gläser Wein und Maik bestellt sich noch mehrere Jägermeister dazu. Mir ist es egal, ich fahre sowieso noch zu meinen Kindern, die von Maik liebevoll gekauften Lebensmittel abgeben und er wird nach so viel Fusel schlafen wie ein Bär. Alles ist entspannt, wir fühlen uns wohl. Es ist ja mein Zuhause.

Den Abend verbringe ich mit meinen drei Kindern, wovon zwei sehr überrascht sind, dass ich um 20 Uhr dort auftauche. Es ist ein wundervoller Abend voller Liebe und vielen Gesprächen. Gegen Mitternacht fahre ich zurück ins Hotel und bin froh, dass Maik da ist. An der Bar, die eigentlich schon ab

21 Uhr geschlossen ist, bekomme ich noch einen Martini und genieße diesen ganz in Ruhe vor mich hin, beobachte dabei das Treiben der Kellner, die die Abrechnung machen. Meine Gedanken sind bei meinen Kindern, bei meinem Mann und wieder erfasst mich die Angst, was passieren wird, wenn Maik nicht mehr da ist. Um so beruhigter bin ich, dass ich weiß, er ist hier im Hotel und liegt oben im Zimmer im Bett. Leise schleiche ich die Treppe hoch, ziehe mich aus, gehe kurz duschen und kuschel mich nackt an Maik und genieße seine Wärme und seinen Geruch. Ich umfasse seinen Bauch und kann mir nicht vorstellen, ohne ihn zu sein. Ich lege meine Hand zwischen meine Beine und schlafe friedlich ein.

Die Nacht war viel zu kurz, aber ich muss aufstehen. Heute ist der 11. April und ich sollte bei meinen Kindern sein und werde dort heute übernachten. Schon am Morgen kommen mir immer wieder die Tränen, meine Situation ist so aussichtslos. Mein Mann ist tot, Maik ist bald weg und ich bin wieder mit mir allein. Mit diesen traurigen Gedanken fahre ich zu meinen Kindern. Es ist ein

Tag mit vielen Tränen, vielen Emotionen. Mit meiner Tochter fahre ich an den See nach Soltvadkert, der bei uns in der Nähe ist und drehen ein Video, in dem wir dazu das Lied "Komet" von Udo Lindenberg abspielen. Dieser Song hat mich oft begleitet und verbindet mich mit meinem Mann. Er war ebenfalls wie ein Komet. Wir sind so unendlich traurig und mir tut es trotzdem so verdammt gut, dass Maik hier ist. Ein Gefühl der Sehnsucht packt mich, ich würde am liebsten zu ihm ins Hotel fahren, aber meine Kinder sind heute der Mittelpunkt. Die Nacht kann ich nicht schlafen, ich setze mich vor die Tür meines Zimmers auf die Treppenstufe und lausche in die Dunkelheit hinaus, es ist alles still, zu still. Ich schalte Musik am Handy an und höre Maiks Lieblingslied der letzten Zeit "Smoke the pain away". Es ist ein nachdenklicher Song mit einem tollen Rhythmus, der ans Herz geht. In Berlin zu Hause tanzen wir manchmal nackt dazu in der Küche, lachen und albern herum. Dann setzt Maik sein typisches Lächeln auf, was jede Frau um den Verstand bringt. Jetzt muss ich gerade an seinen schönen Gesichtsausdruck denken und blicke in den Sternenhimmel.

Ich werde nachdenklich beim Blick nach oben. Sicher ist da irgendwo ein Komet, eventuell mein Mann, und ich hoffe, dass er spürt, dass ich an ihn denke. Vielleicht werden wir uns bald sehen? Tränenüberströmt gehe ich zurück ins Bett und warte, bis der Morgen anbricht. Das gemeinsame Frühstück mit meinen Kindern ist sehr leise, alle sind bedrückt, niemand möchte reden. Morgen ist eigentlich mein Geburtstag, aber allen ist klar, ich will weder etwas davon wissen noch möchte ich an diesem Tag mit jemanden telefonieren. Ich werde mein Handy abschalten und die Ruhe, also den Klang der Stille, genießen. Auf dem Rückweg ins Hotel hole ich noch 50 Liter Wein und fahre zu Maik. Ich freu mich auf ihn. Sehr sogar.

Er sich ebenfalls auf mich und nimmt mich zärtlich in den Arm, hält mich länger fest als sonst. Er konnte ebenfalls nicht schlafen, hat sich wohl an unsere gemeinsamen Nächte gewöhnt, genau wie ich. Zudem plagt ihn ein ziemlicher Hunger. Im Ort gibt es ein gemütliches, typisch ungarisches Restaurant, wo wir uns kurze Zeit später niederlassen. Ich erzähle von den Stunden bei meinen Kindern, von meinen Gefühlen, den Tränen und den vielen Erinnerungen die wir ausgetauscht haben. Ich versuche ihm klar zu machen, wie trostlos ich bin und wie unendlich traurig ich mich fühle. Maik hat sich mittlerweile gut auf das ungarische Lebensgefühl eingelassen – ganz im Gegensatz zu dem, was er am Anfang gesagt hat: dass er das Land sicher nicht mögen würde. Er genießt hier die Leichtigkeit, mag das alles so einfach erscheint. Die Leute sind freundlich und die Kleinstadtatmosphäre erzeugt eine schöne Ruhe, die uns den Stress in Berlin schnell vergessen lässt.

Daraufhin beschließen wir, am nächsten Tag abzureisen und noch drei Tage am Balaton zu verbringen. Ich freue mich riesig, da es eine gute Ablenkung sein wird und mir dadurch vielleicht etwas leichter ums Herz wird. Das Essen war wirklich lecker und ich bin überglücklich, als wir endlich zusammen im Bett sitzen, wie immer noch Wein trinken und uns noch über belanglose Dinge unterhalten. Er zeigt mir, dass ich ihm wichtig bin.

MALLORCA April 2025

Ich arbeite noch kurz am Laptop und buche gerade das Zimmer am Balaton, als Maik plötzlich meint, ein Kurzausflug nach Malle statt zum Balaton wäre auch nicht übel. Er würde einmal gern zum legendären Bierkönig gehen, einer Trinkmeile für Touristen. Das Hotel sollte daher nicht weit davon entfernt sein. Da es sowieso meine letzten Tage mit ihm sein werden, stimme ich dem zu. Mein Vorschlag von Wien aus zu fliegen, findet er perfekt. Innerhalb einer halben Stunde habe ich ein Hotel in Palma für den nächsten Tag reserviert und einen Flug ab Wien gebucht, der jedoch bereits um acht Uhr morgens startet. Nun ist erst mal nichts mit schlafen. Eilig packen wir alle Sachen zusammen, sortieren was wir mitnehmen werden, es sind ja nur drei Tage und es ist dort warm. Maik stellt den Wecker auf vier Uhr, schließlich haben wir nach Wien eine Fahrzeit von etwas über zwei Stunden vor uns. Als wir endlich im Bett liegen, kommt mir alles wieder wie ein Traum vor. Er legt seine Hand rüber auf meinen Bauch und so schlafen wir kurze Zeit später irgendwann nach Mitternacht unbekümmert ein und stehen tatsächlich vier Uhr auf. Alles läuft wie mechanisch ab und wir erreichen nach einer über zweistündigem Fahrt pünktlich den Flugplatz und bereits vormittags 11 Uhr befinden wir uns in Palma und sind mit einem Taxi auf den Weg in unser Hotel. Ich bin wie vernebelt, alles fliegt nur so an mir vorbei. Wir haben ein wunderbares Zimmer mit einer riesigen Terrasse und dem Blick aufs Meer, der von großen Palmen gesäumt ist. Das Wetter ist warm und ich fühle mich gut. Obwohl ich gefühlt seit Monaten nicht mehr geschlafen habe, bin ich fit und gut drauf. Wir werfen unsere Klamotten ab und legen uns für ein paar Stunden hin. Der warme Wind weht von der Terrasse rein und verbreitet eine schöne Atmosphäre. Anschließend geht es auf zur Strandpromenade zum Abendessen.

Bereits an der ersten Straßenkreuzung stehen dunkelhäutige Männer, die sofort fragen, ob wir Drogen brauchen. Was für eine Verlockung. Maik kämpft mit sich. Lust hätte er, aber in ein paar Tagen geht es los zur Therapie und dort muss er clean ankommen. Wir setzen uns in eines der gemütlichen Restaurants direkt am Strand und bestellen Nudeln und Chickenwings. Dazu gibt es Wein und wie immer Rumcola. Es herrscht eine schöne Stimmung, deutsche Musik läuft aus Boxen und die Kellnerin ist eine Ungarin. Wir kommen ins Gespräch und gleich entstehen bei mir Heimatgefühle. Nach einer ganzen Weile brechen wir auf. Wir haben wohl ganz schön viel getrunken und irgendwie ein wenig die Orientierung verloren. Maik bittet mich, mal kurz zu warten, er wäre gleich wieder da. Mich wundert nichts, der Alkohol war wohl zu viel und meine Wahrnehmung ist nicht mehr steuerbar. Irgendwie ist Maik plötzlich wieder neben mir und öffnet seine Hand. In dieser befindet sich eine Kapsel mit Kokain und er erzählt wirres Zeug von irgendwelchen Afrikanern, die ihn reinlegen wollten. Ich kann dem nicht folgen und will nur noch ins Hotel. Der Weg dahin ist recht kurz und wir suchen unser Zimmer. Wir haben die Zimmernummer 429, aber diese Nummer gibt es nicht. Maik geht also runter zur Rezeption und bittet um Hilfe. Dort macht man ihm klar, dass es nur Zimmernummern bis 420 gibt. Maik ist ebenfalls sehr angetrunken, es kommt zur

Streiterei mit der Dame an der Rezeption. Niemand will uns helfen, unser Zimmer zu finden. So geht es eine ganze Zeit lang, es wird diskutiert und es fallen laute und böse Worte. Und wir können es uns nicht erklären. Wir haben ganz klar die Zimmernummer 429, steht ja so auf unserer Chipkarte für das Zimmer, aber das Hotel hat nur 420 Zimmer. Noch während Maik mit der Dame an der Rezeption rumstreitet, kommt ein Mann auf ihn zu, lässt sich die Sache erklären und hat tatsächlich die Lösung parat. Wir sind nämlich im falschen Hotel. Unseres befindet sich genau gegenüber. Laut lachend, völlig neben uns stehend und etwas schwankend wechseln wir die Straßenseite und liegen eine halbe Stunde später total erschöpft im Bett. In der Nacht werde ich von Maik zwei Mal geweckt, da er Lust auf eine kleine erotische Massage mit meiner Hand und meinem Mund an seinem sehr erregten Penis hat, die er natürlich liebend gern bekommt.

Am Morgen muss ich erstmal mich orientieren und überlege, was gestern Abend los war. Ich kann mich kaum an etwas erinnern. Maik ist ebenfalls wach und erzählt, dass er bei den Schwarzen sich

Kokain reingeballert hat und eine Kapsel mitgenommen hat, die er aber wohl unterwegs verloren hat. Ich kann dem nicht folgen und habe davon irgendwie nichts mitbekommen. Wo war ich? War das in der kurzen Zeit, wo ich warten sollte? Und was ist nun mit seiner Therapie? Die werden ihn dort testen, er muss clean sein. Das kann alles doch nicht funktionieren. Wir machen uns darüber keine weiteren Gedanken, es ist wie es ist. Wir verbringen den ganzen Tag im Bett, denn am Abend wollen wir in den legendären Bierkönig gehen, der nur zehn Minuten vom Hotel entfernt ist. Maiks großer weiterer Traum, einmal dort zu sein. Ehrlich gesagt habe ich davon noch nie etwas gehört und bin gespannt darauf.

Pünktlich 19 Uhr bestellen wir uns ein Taxi und sind kurze Zeit später an der nach seiner Meinung weltbekannten Saufmeile. Typische Ballermannmusik läuft, wieder stehen viele dunkelhäutige Männer rum, die T-Shirts von Fussballmannschaften verkaufen. Es reiht sich eine Kneipe an die andere und es herrscht eine schöne Stimmung. Erst dachte ich, es würde mich ankotzen, es gäbe viele besoffene und niveaulose Leute. Aber es ist ein wundervoller Abend mit viel Wein und Schnaps. Musik läuft in Dauerschleife und jeder redet wild durcheinander. Gegen Mitternacht geht es wieder ins Hotel, denn früh 9 Uhr startet unser Rückflug nach Wien.

WIEN – BERLIN April 2025

Pünktlich gegen Mittag sollen wir in Wien landen. Die Maschine ist nur zu zwanzig Prozent besetzt. Auf den ersten 48 Plätzen sitzen gerade mal drei Personen. Wir gehen noch mal durch, ob wir alles mithaben. So nebenbei frage ich Maik, wo eigentlich der Autoschlüssel vom Landrover ist, er hatte ihn zuletzt. Vollkommen überzeugt kommt die Antwort, das der in seiner Jackentasche ist und will mir diesen sofort präsentieren. Aufgeregt sucht er seine ganze Jacke durch, aber der Schlüssel ist nicht da. Wilde Spekulationen fangen an und enden damit, dass er nur im Hotel noch auf dem Tisch liegen kann. Das wäre jetzt auch nicht die Katastrophe, es gibt immer eine Lösung. Immerhin liegt der Zweitschlüssel in Berlin in der Küche. Nur haben wir keine Zeit, denn übermorgen genau 12 Uhr muss Maik pünktlich bei der Therapie an der Ostsee sein. So wie es jetzt aussieht, würde das bedeuten, wir wären in Wien und könnten von dort aus nicht mit unserem Auto weiterfahren. Ich bin davon nicht überzeugt, dass der Schlüssel im Hotel ist und sage ihm, dass er zuletzt in seiner schwarzen Hose war, die nun in der Reisetasche im Frachtraum des Flugzeuges ist. Maik wollte eigentlich ab heute wegen der Therapie keinen Alkohol mehr trinken, aber die Situation zwingt ihn dazu. So bestellt er sich einige kleine Flaschen Wodka und versucht sich zu beruhigen. Ich behalte einen klaren Kopf und habe bereits einige Ideen, wie wir dann vorgehen werden, sollte der Schlüssel wirklich nicht da sein. Als wir nach der Landung endlich unsere Tasche haben, leeren wir den kompletten Inhalt auf dem Boden aus und siehe da, der Schlüssel liegt unter allen Sachen in der Tasche am Boden. Beide stehen wir auf und umarmen uns, als ob ein Wunder geschehen ist. Maik ist erleichtert und gemeinsam steuern wir den nächsten Getränkeshop an, wo er vorschlägt, uns eine Flasche Champagner zur Feier des Tages und zum Abschluss unserer Reise zu kaufen. Wir suchen die Tiefgarage, setzen uns ins Auto und trinken aus zwei ganz simplen Pappbechern die komplette Flasche leer. Danach sind wir so müde, dass wir uns entscheiden, die Nacht in Wien zu verbringen. Wieder wird am Handy schnell ein Hotel gesucht, es liegt mitten in der Altstadt. Wir fahren hin und gehen es ruhig an, sitzen ewig im Restaurant und kuscheln uns später ganz eng in unserem Zimmer im Bett zusammen. Der endgültige Abschied rückt immer näher, es gibt nur noch einen gemeinsamen Tag.

Die Nacht war kurz, ich konnte nicht schlafen. Gegen 10 Uhr verlassen wir das Hotel und treten die Rückfahrt nach Berlin an. Unterwegs schaltet Maik bewusste das Lied Leuchtturm von Nena an, es ist eine Erinnerung, die uns beide verbindet und die Passage "Ich geh mit dir wohin du willst, auch bis ans Ende dieser Welt..." auf uns zutrifft.

Maik möchte sich noch von seinem Sohn verabschieden und so fahren wir einen Umweg über

Cottbus, da er dort wohnt. Um so näher wir der Heimat kommen, um so mehr schnürt sich mein Herz zusammen. Maiks Augen sind traurig, Tränen laufen ihm aus den Augenwinkeln. Ich weiß nicht, wie der Abschied zwischen uns sein wird, ich könnte laut schreien.

In Cottbus angekommen, warte ich auf einem Parkplatz bei einem Supermarkt, während Maik kurz zu seinem Sohn fährt und sich von ihm verabschiedet. Ich kaufe indessen einen Wecker, denn den braucht er für seine Therapie, da er sonst nie pünktlich aufwacht. Aufgewühlt und von Traurigkeit geprägt kommt er zurück. Wir fahren erstmal die nächste Tankstelle an und decken uns mit Wein und Havanacola ein, versuchen damit die angespannte Situation zu entschärfen. Wir reden kaum noch, was soll man schon sagen. Unsere Gefühle füreinander sind auf einem Niveau, was grenzenlos schön ist. Wir vertrauen uns und aus einer einfachen Freundschaft ist viel mehr geworden.

Nun heißt es Abschied nehmen. Sein Freund Manu wird ihn an die Ostsee bringen. Ich hätte es gemacht, aber uns beiden ist klar, wir würden niemals dort ankommen, sondern spontan wie wir sind, uns einen anderen Weg suchen und irgendwie im nirgendwo landen. Mir laufen die Tränen übers Gesicht und Maik sieht ebenfalls verzweifelt aus, beide haben wir Angst und beide wissen wir, nichts wird mehr genau so sein wie vorher. Die ersten vier Wochen darf er kein Handy benutzen, und so werde ich in dieser Zeit keinen Kontakt zu ihm haben. Ich kann nur hoffen, dass es ihm gut geht. So bleibe ich alleine zurück, allein mit meinen Sorgen, niemand der mir zuhört oder dann, wenn ich zu viel rede, kurz mal "Schlüssel" sagt. In kürzester Zeit verliere ich wieder einen Menschen, der mir sehr wichtig ist. Erst meinen Mann und dann Maik, meine zweite Liebe, wie ich es nenne. Wie gern würde ich die Zeit zurück drehen. Ich möchte nicht wieder allein sein, nicht noch mal. Ich kann nicht mehr. Maik hat mich beflügelt, mir Kraft gegeben und gezeigt, was Liebe im Sinne von Vertrauen und Zuneigung wirklich bedeutet.

Ich wünsche ihm, dass er die Therapie durchhält, was ihm sicher schwer fallen wird. Wie er schon sagte, er wird keine Körbe flechten oder Steine abschleifen. Ich habe ihm versprochen, immer für ihn da zu sein. Wie man so schön sagt, in guten und in schlechten Zeiten.

Ich werde ihn unendlich vermissen... Maik, ich liebe Dich... Weil? "Ich schlafe so gern mit dir ein."

Deine einsame Katina

NACHWORT

Maik ist gut an der Ostsee angekommen und hat bisher jeden Tag mich angerufen. Dazu gibt ihm ein Mitbewohner immer kurz sein Handy. Er sagte am Telefon, dass er mir sogar einen Brief geschrieben hat. Seinen Wohnungsschlüssel hat er hier bei mir gelassen. Also spätestens, wenn er in sechs Monaten nach Hause geht, werde ich ihn wieder sehen.

Ich versuche mich mit meiner Arbeit abzulenken, was mir kaum gelingt. Die letzten Monate habe ich fast jede Nacht mit Maik verbracht und es fällt mir verdammt schwer, ohne ihn einzuschlafen. Auch sonst fehlt mir seine Energie.

Es gab noch viele andere Männer und absolut chaotische Situationen. Aber als mir klar war, dass Maik etwas besonderes ist, war er der einzige, den ich an mich rangelassen habe. Plötzlich war mir bewusst, er ist das, was ich vielleicht gesucht habe, selbst wenn es nur für eine kurze Zeit war. Diese Geschichte hier ist nur ein Bruchteil dessen, was ich mit ihm erlebt habe. Alles aufzuschreiben würde den

Rahmen sprengen. Die letzten acht Monate waren wie ein Rausch und taten verdammt gut. Meine eigenen Probleme waren in den Hintergrund gerückt. Ich kann nur sagen, dass mich Maik ins Leben zurückgeholt hat und ich uns beiden wünsche, dass wir es schaffen, jeder auf seine Weise und uns vielleicht noch lange genießen können. Eng zusammen oder nur als Freunde. Ich hoffe nur, dass wenn er wieder da ist, immer noch der alte Maiki ist!